LA PAIX

Dans la même collection :

ANDERSEN, L'Ombre et autres contes / Le Vaillant Soldat de plomb, la petite sirène et autres contes.

BALZAC, Adieu / Le Chef-d'œuvre inconnu / La Maison du Chat-qui-pelote / Les Secrets de la princesse de Cadignan / La Vendetta / Sarrasine.

BARBEY D'AUREVILLY, Le Plus Bel Amour de Don Juan *précédé de* Le Rideau cramoisi.

CHAMISSO, L'Étrange Histoire de Peter Schlemihl.

CHARLES D'ORLÉANS, L'Écolier de Mélancolie.

CHRISTIE, Les Plans du sous-marin.

COLETTE, Les Vrilles de la vigne / La Ronde des bêtes / Gribiche.

COLOMBEL, Lettre à Mathilde sur Jean-Paul Sartre.

DIDEROT, Supplément au Voyage de Bougainville / Lettre sur les aveugles / Le Neveu de Rameau.

FLAUBERT, Un cœur simple / Novembre.

GAUTIER, Arria Marcella.

HOFFMANN, Mademoiselle de Scudéry.

HUGO, Claude Gueux.

JARRY, Ubu roi.

LABICHE, La Cagnotte.

LEBLANC, L'Arrestation d'Arsène Lupin / Le Cabochon d'émeraude *précédé de* L'Homme à la peau de bique.

LUCIEN, Philosophes à vendre.

MARIE DE FRANCE, Le Lai de Lanval.

MAUPASSANT, La Parure / Le Horla / Une partie de campagne.

MÉRIMÉE, La Vénus d'Ille / La Double Méprise / Les Âmes du purgatoire.

NERVAL, Aurélia / Sylvie.

PLATON, Apologie de Socrate.

PLUTARQUE, Vie d'Alcibiade.

RACINE, Les Plaideurs.

RENARD, Poil de carotte.

SCHWOB, Le Roi au masque d'or.

SÉNÈQUE, Médée.

SHAKESPEARE, Henry V.

STENVENSON, L'Étrange Cas du Dr Jekyll et de Mr Hyde.

SUÉTONE, Vie de Néron.

TCHEKHOV, La Steppe.

TOURGUENIEV, Le Journal d'un homme de trop.

VIAN, Blues pour un chat noir.

VOLTAIRE, Micromégas / La Princesse de Babylone.

WILDE, Le portrait de M. W. H. / Le Prince heureux et autres contes.

XXX, Chansons d'amour du Moyen Âge / Le Jugement de Renart / La Mort de Roland / Merlin l'Enchanteur / Anthologie de la poésie française de Villon à Verlaine.

ZOLA, Jacques Damour *suivi de* Le Capitaine Burle.

ZWEIG, Les Prodiges de la vie / Printemps au Prater.

ARISTOPHANE

La Paix

Édition présentée et annotée par Anne Lebeau

TRADUCTION D'A. WILLEMS REVUE PAR A. LEBEAU

LE LIVRE DE POCHE

Anne Lebeau, professeur de langue et littérature classiques, a enseigné à Paris IV-Paris Sorbonne. Elle est l'auteur, avec Paul Demont, d'une *Introduction au théâtre grec antique*, publiée par Le Livre de Poche. Elle a également écrit avec Jean Métayer un *Cours de grec ancien à l'usage des grands commençants* (SEDES).

INTRODUCTION

Aristophane et la comédie ancienne

C'est en 534 que sont organisés à Athènes, dans le cadre institutionnel et religieux des fêtes de Dionysos, les premiers concours dramatiques. C'est la date officielle de naissance de la tragédie. Il faudra attendre près de cinquante ans pour que la comédie fasse à son tour partie des mêmes concours ; ainsi la comédie se développe-t-elle à un moment où la tragédie est parvenue déjà à sa maturité, de sorte que l'influence de la tragédie ne cessera de se faire sentir sur un genre qui, apparu bien plus tard, entend bien pourtant rivaliser avec elle : témoignent de cette rivalité durable l'invention par Aristophane du mot *trugoidia* (« chant du vin nouveau ») pour désigner la comédie comme parallèle à la tragédie et de même valeur qu'elle, et surtout la pratique constante, dans son œuvre, de la parodie des poètes tragiques – parodie des vers, mais aussi des situations, des intrigues, de la musique, des effets de spectacle – que l'on appelle la *paratragédie*.

Aristophane est né à Athènes vers 450 ou 445. Sa première pièce, les *Banqueteurs*, qui ne nous est pas parvenue, fut représentée en 427. La plus ancienne des comédies conservées, les *Acharniens*,

Aristophane
Musée du Louvre, Paris

date de 425, les deux dernières, l'*Assemblée des femmes* et le *Ploutos*, du début du IVe siècle ; le poète est mort sans doute en 385, après avoir composé quarante-quatre comédies dont onze nous ont été intégralement transmises. Quand Aristophane commence sa carrière, les concours comiques existent donc depuis plus d'un demi-siècle, et le genre a déjà une assez longue histoire. Cependant nous savons très peu de choses des poètes qui l'ont illustré à ses débuts, Chionidès, Cratès ou Magnès, et peu de choses aussi des rivaux directs d'Aristophane, particulièrement Cratinos et Eupolis. Notre connaissance de la comédie dite « ancienne », celle du Ve siècle, repose pour l'essentiel sur neuf des pièces conservées d'Aristophane, puisque les deux dernières appartiennent à un genre différent, qu'il est convenu d'appeler comédie « moyenne ». Aussi est-il souvent difficile d'évaluer l'originalité du poète dans un genre qui ne nous est guère connu que par lui, quand la lecture des fragments de l'ensemble des poètes comiques fait apparaître clairement qu'il y avait non seulement des formes mais aussi des idées communes à toutes les comédies et des thèmes presque obligés comme la défense de la paix, l'amour de la campagne et du monde paysan, la méfiance à l'égard des idées nouvelles ou la critique de la démocratie radicale et de la démagogie.

Si loin que la comédie soit, en 427, de ses origines religieuses, et des rites du culte de Dionysos dont elle est issue, elle en conserve cependant divers traits : les masques d'animaux de certains chœurs, comme celui des *Oiseaux*, celui des *Guêpes* et l'un de ceux des *Grenouilles*, les danses débridées, les pièces dénouées par des festins et des noces, les phallos apparents que portent les personnages et la joyeuse obscénité du ton sont des traces durables des rituels de fécondité et des fêtes de Dionysos qui sont à sa source. Chant du *comos*, cortège qui célébrait le dieu en processions joyeuses après boire, la comédie aurait pour noyau originel, selon Aristote (*Poétique*, 1449a 9), les chants phalliques qui accompagnaient les processions appelées *phallophories* : quand le héros des *Acharniens* retrouve sa ferme après six ans de guerre, il y célèbre aussitôt les Dionysies rurales, et entonne un hymne phallique souvent considéré comme un souvenir précis des origines rituelles du genre comique (v. 263-279). Mais la comédie est vite devenue genre littéraire à part entière et aussi profondément politique que la tragédie : son trait le plus spécifique, celui qui la différencie absolument de la comédie nouvelle dont Ménandre est le représentant le mieux connu, c'est le rapport étroit qu'elle entretient avec l'actualité d'Athènes ; la comédie ancienne ne cesse de commenter et de mettre en scène cette actualité : les *Acharniens* (425), la *Paix* (421) et *Lysistrata* (411) sont autant de plaidoyers pour la paix dans un monde grec que déchire la guerre du Péloponnèse, les *Cavaliers* (424) sont une charge violente contre le démagogue Cléon, les *Nuées* (423) s'en prennent à la sophistique et à la nouvelle éducation, les *Guêpes* (422) attaquent le système judiciaire. La parodie ou la caricature des institutions tient dans l'œuvre une place importante, et les personnages cités ou présents sur scène sont bien souvent des contemporains, Périclès lui-même, les démagogues Cléon et Hyperbolos, les stratèges Lamachos ou Lachès, Socrate, les poètes tragiques Euripide, Eschyle,

Sophocle et Agathon, et une foule d'autres qu'à la différence du public athénien nous ne connaissons pas, ce qui rend certains traits de satire difficiles à apprécier.

Puisque les sujets de ses comédies sont toujours politiques, Aristophane se présente volontiers comme le conseiller de la cité, et cette fonction est d'autant plus aisée à assumer que la comédie ancienne ne se soucie pas, bien au contraire, d'établir et de maintenir l'illusion dramatique. Non seulement les pièces abondent en adresses directes aux spectateurs, mais surtout au centre de la comédie figure un morceau appelé la *parabase* dans lequel les choreutes viennent, au nom du poète, exposer au public, en rejetant explicitement la fiction dramatique, les mérites politiques et littéraires de celui qu'ils appellent « notre poète », soulignant, souvent avec humour, l'originalité et la haute tenue de son œuvre – la grande comédie opposée à la farce vulgaire –, et la constance de ses appels à la paix, à la réconciliation, au rejet des pratiques impérialistes et au respect des idéaux démocratiques.

Et pourtant, alors que la comédie est si profondément ancrée dans la réalité contemporaine, les personnages y évoluent en toute liberté, et réalisent d'impossibles projets, par des moyens absurdes, dans un univers où règne une fantaisie sans limites. Dans le monde d'Aristophane, hommes et dieux se côtoient, et voyagent parfois de compagnie, comme Dionysos et son valet Xanthias dans les *Grenouilles* ; l'Olympe n'est pas bien loin de la terre, ni le royaume d'Hadès ; parti d'Athènes à cheval sur un bousier géant, le héros de la *Paix* arrive en quelques minutes chez les dieux ; deux Athéniens vont à la rencontre des oiseaux pour créer avec eux une cité entre ciel et terre où l'on vivra à l'abri de tous les gêneurs (les *Oiseaux*). Le héros des *Acharniens* peut encore, quand Athènes est engagée depuis six ans dans une guerre douloureuse, acheter aux Spartiates, à titre individuel, un flacon de paix et retrouver, à la seconde et dans Athènes même, un marché où affluent toutes les denrées délicieuses dont il était privé depuis six ans ; Lysistrata peut décider toutes les femmes de Grèce à faire une grève illimitée du sexe pour contraindre les hommes à mettre au plus vite fin à la guerre ; rien n'empêche de rendre la vue au dieu de la richesse qui est, comme on sait, aveugle (*Ploutos*), ni même de confier aux femmes – qui pourtant n'ont à Athènes aucune existence politique – le gouvernement de la cité (l'*Assemblée des femmes*). Une comédie en somme qui est à la fois utopie fantaisiste et œuvre réaliste.

L'instrument de cette transformation de l'univers réel est le langage. Tout est possible à partir du moment où tout peut être dit. Chez Aristophane, le mot ne dit pas seulement la chose, il la crée ; il suffit que Trygée déclare : « Je vois ici la demeure de Zeus » pour que le baraquement en bois qui figurait au prologue la ferme du héros devienne en effet la maison du maître des dieux, gardée par Hermès. Les métaphores, dans la comédie, se réalisent concrètement : Polémos, dieu de la guerre, se propose de faire une capilotade de cités grecques. Ce n'est pas une simple façon de parler : il se munit d'un énorme mortier et se met en quête d'un pilon pour y broyer les malheureux Hellènes. Ailleurs, puisqu'on dit volontiers du philosophe que son esprit se perd dans les nuées, voilà que ces nuées forment un chœur et entourent en effet Socrate (les

Nuées) ; puisqu'on dit du démagogue qu'il est le « chien du peuple », un chien incarne dans les *Guêpes* le démagogue Cléon, et puisqu'on parle si souvent de « cuisine politique », on choisit, pour succéder au même Cléon dans les *Cavaliers*, un charcutier habile à « fricoter » en tous domaines.

Encore n'est-ce là qu'un des aspects de l'utilisation étourdissante de toutes les ressources du langage : au lieu du style uniforme qui sera plus tard celui de la comédie nouvelle, et dont on pressent déjà l'apparition dans les dernières pièces d'Aristophane, il y a, dans les pièces du ve siècle, tous les styles, de la grossièreté la plus basse à la poésie la plus haute ou la plus charmante, et au lyrisme le plus émouvant, du style de la conversation ordinaire à la parodie de tous les genres poétiques et littéraires, du jargon mis à la mode par les sophistes à la langue officielle de l'assemblée ou des tribunaux, ou aux patois des Mégariens ou des Ioniens, et toutes ces dissonances sont souvent à l'origine d'effets comiques irrésistibles. On peut ainsi comparer dans la *Paix* la scatologie assez pesante du prologue avec les chants pleins d'émotion dans lesquels le héros ou les choreutes évoquent les joies de la paix et les beautés de la campagne ; on peut y apprécier les effets burlesques et spectaculaires provoqués par les multiples citations d'Euripide et le souvenir précis de la montée au ciel de son Bellérophon au moment où Trygée s'élève sur son étrange Pégase, ou savourer la parodie souvent subtile du style oraculaire et de l'épopée au cours de la dispute entre Trygée et Hiéroclès. À cela s'ajoutent toutes sortes de jeux sur les mots, d'incongruités diverses, d'inventions verbales, de baragouins burlesques comme le faux perse du prologue des

Acharniens, aussi fantaisiste que la langue des Turcs du *Bourgeois gentilhomme*.

L'œuvre d'Aristophane n'aura jamais de postérité. Sans doute retrouve-t-on ici l'insolence et le dessein satirique, ailleurs l'invention verbale et la richesse dramaturgique, ailleurs encore la fantaisie ou la poésie, mais le genre lui-même, dans son unité profonde, disparaît à la fin du ve siècle. Les dernières œuvres du poète ouvrent la voie à la comédie nouvelle, qui ne retient pas grand-chose du genre qui l'a précédée.

Le cadre matériel et institutionnel

Dès son apparition et pendant toute son histoire, la comédie ancienne reste, comme la tragédie, étroitement liée aux institutions athéniennes ; elle n'est représentée qu'à l'occasion des fêtes de Dionysos, fêtes dont l'organisation et la célébration sont véritablement l'affaire de la cité tout entière : l'organisation en est confiée à de hauts magistrats, l'archonte éponyme pour le concours le plus important, celui des Grandes Dionysies (fin mars), l'archonte-roi pour celui des Lénéennes (fin janvier). Poètes, acteurs, choreutes et membres du jury sont obligatoirement citoyens athéniens, et le public, pour l'essentiel composé de citoyens, ne devait guère différer de celui qui constituait l'assemblée du peuple ; nous savons cependant que les étrangers domiciliés à Athènes, les métèques, assistaient aux spectacles et que la cité y invitait, au moment des Grandes Dionysies, divers ambassadeurs ou hauts personnages étrangers. Mais nous savons aussi que l'État athénien faisait en sorte que tous les citoyens puissent venir au théâtre, et prenait en charge les droits d'entrée des Athéniens les plus pauvres ; Périclès avait sans doute été à l'origine de la création de ce fonds pour les spectacles, le *theorikon*.

Chaque poète devait « demander un chœur à l'archonte » pour obtenir le droit de participer au concours et le magistrat retenait, pour chaque genre dramatique, trois concurrents. Les poètes composaient non seulement le texte mais aussi la musique des parties chantées de leurs œuvres, puis jouaient le plus souvent le rôle d'instructeurs et de metteurs en scène pendant tout le temps des répétitions, et se chargeaient même parfois d'interpréter quelque rôle (on a pu par exemple supposer qu'Aristophane avait, en 425, tenu lui-même le rôle de Dicéopolis, héros des *Acharniens*). Les frais des répétitions et de la représentation d'une pièce étaient en grande partie à la charge d'un citoyen riche, appelé *chorège*, désigné par l'archonte. L'État rétribuait les musiciens et les acteurs, le chorège de son côté assumait toutes les dépenses liées à l'entretien des choreutes (quinze pour la tragédie, vingt-quatre pour la comédie) et des figurants, et payait masques, costumes et éléments de décor. Il offrait aussi à tous, en cas de victoire, un banquet somptueux.

Dans les premières années du Vᵉ siècle, on aménagea à Athènes l'aire de danse située sur le flanc sud de l'Acropole au-dessus d'un petit temple de Dionysos pour la transformer en théâtre. C'est là que furent joués tous les drames de l'époque classique. À la différence de celui qui sera édifié au IVᵉ siècle, et dont on voit aujourd'hui encore quelques vestiges, le théâtre du Vᵉ siècle ne comporte aucune construction en pierre : il se compose de deux espaces contigus, l'*orchestra* (« lieu où l'on danse »), réservée aux évolutions du chœur, et le *theatron* (« lieu d'où l'on voit »), où venait s'asseoir le public. On a longtemps pensé que l'orchestra était circulaire et le theatron constitué de gradins en forme d'hémicycle adossés au rocher de l'Acropole. Certains archéologues pensent aujourd'hui que l'orchestra du théâtre de l'époque classique, comme celle d'autres théâtres contemporains, avait la forme d'un trapèze entouré sur trois côtés de gradins presque rectilignes.

Quoi qu'il en soit, on édifiait au sud de l'orchestra une longue baraque en bois, qui ne restait là que pour la durée des concours et servait au départ de magasin aux accessoires et de coulisse, avant de constituer le mur de fond du décor. De part et d'autre de cette baraque, des rampes d'accès ou *eisodoi* permettaient de gagner l'orchestra et les gradins ; c'est par l'une de ces eisodoi qu'arrivent toujours les choreutes et ceux des personnages qui viennent de l'extérieur, comme le diseur d'oracles Hiéroclès ou les artisans qui apparaissent dans la dernière partie de la *Paix*. La baraque elle-même, appelée *skéné*, était percée d'une large porte centrale et représentait, selon les circonstances, le palais des Atrides, la tente d'Ajax dans le camp des Grecs en Troade, la ferme de Trygée, la maison de Zeus ou la grotte de Polyphème. C'est assez dire qu'il n'y avait à peu près aucune possibilité de décor réaliste, et que les poètes faisaient confiance à l'imagination des spectateurs pour accepter qu'un décor que le texte, au début des *Euménides* d'Eschyle, identifie clairement comme le temple d'Apollon à Delphes, représente, à partir du vers

235 et sans qu'aucun changement matériel ait été effectué, l'Acropole d'Athènes, ou pour « voir » le temple d'Artémis en Tauride orné d'affreux trophées issus de sacrifices humains (Euripide, *Iphigénie en Tauride*) ou la basse vallée du Nil (Euripide, *Hélène*), quand ils n'avaient sous les yeux qu'un baraquement de bois tout juste décoré, peut-être, de quelques colonnes en trompe-l'œil. Devant la skéné, on dressait une estrade longue et basse sur laquelle se tenaient le plus souvent les acteurs ; ils étaient ainsi distincts des choreutes qui restaient groupés dans l'orchestra, et même les spectateurs assis très loin de la skéné pouvaient les reconnaître aisément. Rien n'empêchait cependant les acteurs de descendre dans l'orchestra ni les choreutes de les rejoindre un moment sur l'estrade ; les contacts entre acteurs et choreutes étaient chose courante et naturelle – on voit ainsi Trygée et Hermès aider les choreutes à haler la Paix hors de l'antre où l'a jetée Polémos.

La machinerie du théâtre grec classique était assez sommaire : une plate-forme roulante, l'*eccyclème*, placée dans l'axe de la porte centrale, permettait de « rouler » au-dehors un tableau d'intérieur que le public, sans cet artifice, n'aurait pas pu voir (l'eccyclème fait apparaître par exemple, à la fin de l'*Agamemnon* d'Eschyle, Clytemnestre couverte de sang, debout entre les cadavres de ses deux victimes, Agamemnon et Cassandre) ; une grue appelée *méchané*, supportant une nacelle et manœuvrée à l'aide d'une poulie, permettait d'élever un personnage à quelques mètres au-dessus du niveau du sol, ou de faire apparaître quelque divinité comme si elle descendait des profondeurs du ciel. L'usage de ces deux machines était assez fréquent dans la tragédie, où poètes et spectateurs devaient s'accommoder sans rien dire de leurs possibles imperfections. La comédie, elle, prompte à dénoncer le théâtre comme théâtre, ne cesse de jouer avec les conventions qui fondent le spectacle dramatique, par exemple celles qui touchent à la machinerie. La première partie de la *Paix* illustre parfaitement ce jeu : quand le Bellérophon d'Euripide, plaisamment parodié par Aristophane, montait au ciel à cheval sur Pégase, il utilisait, et pour cause, la méchané, mais on imagine bien que le poète se gardait de le souligner et que les spectateurs adhéraient assez au spectacle pour imaginer l'envol du cheval merveilleux, alors qu'ils assistaient à la lente ascension d'un mannequin élevé à une faible hauteur sur la nacelle de la grue. Quand Trygée monte au ciel sur un bousier géant, réplique grotesque de Pégase, il utilise la même machine, mais il le dit haut et fort, et demande avec insistance au machiniste d'être attentif à la manœuvre ; tout laisse à penser d'ailleurs que ledit machiniste souligne délibérément, à cet instant, l'instabilité de la nacelle.

Acteurs et choreutes portaient un costume et un masque. Tous étaient obligatoirement des hommes, qui interprétaient aussi bien des rôles féminins que des rôles masculins. On pense pourtant que dans la comédie certains rôles féminins muets, comme celui de Théoria et celui d'Opora dans la *Paix*, pouvaient être tenus par des jeunes femmes, esclaves, danseuses ou musiciennes. L'acteur comique jouant un rôle masculin portait souvent divers rembourrages – c'était surtout le cas des esclaves – et un manteau court qui laissait apparaître le phallus en cuir dont il était affublé. Son masque était caractérisé par une bouche largement ouverte ; il était généralement barbu et un peu chauve.

Les circonstances de la pièce

La *Paix* fut représentée aux Grandes Dionysies de 421 et remporta le second prix. Le vainqueur du concours fut Eupolis, principal rival d'Aristophane qui l'accusait volontiers de plagiat, auteur cette année-là d'une comédie intitulée les *Flatteurs*. La pièce d'Aristophane était étroitement liée à l'actualité immédiate ; elle faisait écho, après dix ans de guerre entre Sparte et Athènes, aux solides espoirs de paix qui allaient bientôt se concrétiser.

En 431, Sparte, cédant à la pression de ses alliés, particulièrement Corinthe et Mégare, déclarait la guerre à Athènes. C'était le début de la guerre du Péloponnèse, dont Thucydide nous a laissé le récit, et qui devait s'achever en 404 par la défaite d'Athènes [1] : ainsi prenait fin une hégémonie dont l'origine remontait aux guerres médiques. Au lendemain de la seconde guerre médique en effet, Athènes, forte du rôle essentiel qu'elle avait joué dans la lutte contre les Perses, à Marathon puis à Salamine (victoires remportées la première sur terre en 490, la seconde sur mer en 480), avait organisé une ligue, nommée ligue de Délos parce que le trésor confédéral avait été au départ confié à la garde d'Apollon dans l'île où le dieu était né ; cette ligue regroupait la plupart des îles de la mer Égée et des cités du bord de mer (à l'exclusion des

1. Le récit de Thucydide s'arrête en 411. C'est Xénophon qui s'est chargé, dans les *Helléniques*, de raconter les dernières années de la guerre.

cités du Péloponnèse) et était destinée, en principe, à repousser définitivement la menace perse. Peu à peu Athènes, dont la puissance et la prospérité allaient croissant, transforma cette confédération en véritable empire, limitant de toutes les façons possibles l'autonomie des cités qui en faisaient partie, interdisant les défections, les réprimant au besoin par la force, et imposant à ceux qu'elle continuait à appeler ses « alliés » des tributs de plus en plus lourds, qui ne tardèrent pas à grossir le seul trésor athénien. C'est grâce à cet argent, raconte Plutarque (*Vie de Périclès*, 12-13), que Périclès fit édifier, dès le début de la seconde moitié du ve siècle, la plupart des monuments de l'Acropole.

L'impérialisme athénien, qui ne cessait de se durcir, et les menaces que faisait peser sur le commerce de Corinthe la domination d'Athènes dans toute la mer Égée provoquèrent divers conflits mineurs, préludes à l'embrasement général de 431. À deux reprises au moins, dans les *Acharniens* puis dans la *Paix*, Aristophane souligne l'importance décisive qu'eut par exemple le décret que Périclès fit voter en 432 et qui interdisait au commerce de Mégare les marchés de l'Attique et les ports de la ligue.

La première partie de la guerre du Péloponnèse s'achève par la conclusion, en 421, de la paix de Nicias, celle-là même qu'annonce la pièce d'Aristophane et qui allait être signée officiellement quelques jours seulement après la célébration des Grandes Dionysies, après que les négociations eurent traîné pendant tout l'hiver 422-421. La paix était conclue pour cinquante ans, et stipulait un retour au *statu quo* de 431 : restitution par chaque camp de toutes les places conquises et de tous les prisonniers. Il n'importe pas ici de souligner les difficultés que cela devait entraîner – difficultés si graves qu'on peut considérer que la paix fut rompue indirectement dès l'année suivante –, mais il n'est pas inutile de revenir sur ce que furent les dix années de guerre dont sortent à peine Trygée et ses amis.

Périclès, qui dirigeait en 431 et depuis longtemps déjà la politique athénienne, avait défini, pour la guerre qu'Athènes allait conduire contre Sparte et ses alliés, une stratégie qui consistait à attaquer par mer les côtes du Péloponnèse et à refuser l'engagement sur terre, conscient qu'il était de la supériorité de l'armée de terre des Péloponnésiens et de la puissance maritime d'Athènes. Aussi les armées des Péloponnésiens avaient-elles, au début de cette période, envahi l'Attique à plusieurs reprises et sans jamais rencontrer d'armée qui les repousse, ravageant les récoltes, coupant les vignes, abattant les figuiers, et ruinant fermiers et laboureurs. Sur ordre de Périclès, tous avaient en effet dû abandonner leur terre et se réfugier à l'intérieur des murailles d'Athènes. Cette mesure, qui devait assurer la sécurité de la population, avait eu de terribles conséquences au moment où s'était déclarée puis rapidement propagée une épidémie de peste qui allait emporter un tiers de la population athénienne.

Périclès mourut de la peste en 429 et fut remplacé, à la tête du parti populaire, par un riche tanneur, Cléon, partisan de la guerre à outrance... et bête noire d'Aristophane. La victoire remportée sur les Spartiates à Pylos en 425 fit de Cléon le maître d'Athènes : rentré triomphalement dans la ville avec une escorte de prisonniers lacédémoniens, il prit une série de mesures pour opprimer les alliés, satisfaire et flatter le peuple et lancer contre les Péloponnésiens de nouvelles attaques.

En 424, les Athéniens subissaient une défaite sanglante à Délion, en Béotie – et voilà pourquoi les Béotiens de la *Paix*, forts de leur victoire, montrent peu d'empressement pour délivrer la déesse (v. 466) – puis ils durent lutter, en Thrace, contre des ennemis que les Spartiates étaient venus soutenir. Le chef spartiate Brasidas venait en aide, dans cette région, à toutes les villes qui se rebellaient contre la domination d'Athènes et réussissait bientôt à s'emparer d'Amphipolis. C'est là qu'à l'automne 422, au cours d'un engagement qui allait tourner à l'avantage des Péloponnésiens, Cléon et Brasidas furent tous deux mortellement blessés. Polémos perdait ainsi en un seul jour les deux pilons avec lesquels il comptait broyer la Grèce, et les négociations pouvaient enfin s'engager entre les partisans de la paix, Nicias du côté athénien, Pleistoanax du côté spartiate.

Voici comment Thucydide décrit la situation dans chaque camp au lendemain de la bataille d'Amphipolis : « Aussitôt après la bataille [...], il advint que les deux adversaires suspendirent les opérations dans l'intention de traiter. Les Athéniens avaient été rudement éprouvés par le désastre de Délion et ils avaient subi peu après un nouveau revers à Amphipolis. Aussi n'avaient-ils plus dans leur force cette confiance qui les animait précédemment, à l'époque où, croyant que les succès qu'ils venaient de remporter mettaient la victoire à leur portée, ils avaient refusé de faire la paix. Ils craignaient aussi de voir les défections se multiplier parmi leurs alliés, enhardis par leurs défaites, et ils se reprochaient de n'avoir pas traité au lendemain de l'affaire de Pylos, quand l'occasion était si favorable. De leur côté, les Lacédémoniens voyaient la guerre prendre une tournure tout autre qu'ils n'avaient espéré. Ils s'étaient imaginé qu'il leur suffirait de saccager l'Attique pour abattre en quelques années la puissance d'Athènes. Ils avaient subi à Sphactérie un désastre sans précédent dans l'histoire de Sparte et leur territoire était soumis aux raids des forces ennemies stationnées à Pylos et à Cythère[1]. »

C'est dans cette atmosphère que fut composée et jouée la pièce d'Aristophane. On comprend du même coup le fervent désir de paix qui anime les paysans de l'Attique, que la guerre a si durement malmenés depuis dix ans, et le ton résolument optimiste de la comédie qui s'attache surtout à montrer le retour de la paix comme un fait accompli, dont les laboureurs savourent déjà les heureuses conséquences. On ne peut qu'être frappé aussi par la générosité du dessein de Trygée, et par la solidarité qu'il suggère et suppose entre tous les Grecs. Le héros des *Acharniens*, lui aussi épris de paix mais impuissant à obtenir de la cité qu'elle renonce à la guerre contre Sparte, finissait – c'était en 425 – par se satisfaire égoïstement d'une paix négociée à titre individuel, alors que le conflit continuait à faire rage et trouvait toujours à Athènes de farouches partisans ; Trygée, lui, se bat pour le salut de tous les paysans, et plus largement encore pour celui de toutes les cités engagées dans la guerre. La comédie d'Aristophane est aussi, en ce sens, un plaidoyer panhellène, un appel à la réconciliation et à l'union de tous les peuples grecs. Dix ans plus tard, on entendra des accents semblables dans *Lysistrata*.

---

1. Thucydide 5, 14 (traduction D. Roussel, *Historiens grecs*, Bibliothèque de la Pléiade).

ANALYSE DE LA *PAIX*

La comédie ancienne répond volontiers au schéma qui est justement celui de la *Paix* : dès le prologue, le dessein du héros – un dessein ambitieux qu'il entend réaliser par des moyens proprement absurdes et invraisemblables – est exposé aux spectateurs et immédiatement mis en œuvre (à la fin du prologue de la *Paix*, Trygée est parvenu sur l'Olympe ; il ne reste plus qu'à délivrer la déesse). La première partie de la comédie commence avec l'entrée du chœur, ou *parodos*, et l'ensemble de la pièce est structuré par l'alternance entre parties chantées et parties parlées. Au cours de la première partie, le héros se heurte à divers opposants (le chœur lui-même en fait souvent partie, comme on le voit dans les *Acharniens*) et doit se battre – en paroles au moins – pour faire triompher son projet ; Trygée, lui, ne rencontre guère d'opposants, puisqu'il importe de montrer que tous les Grecs désirent le retour de la paix, mais il doit d'abord vaincre la résistance d'Hermès, puis, avec l'aide des choreutes, faire un long effort pour arracher la déesse à la prison où l'a jetée Polémos.

À la fin de cette partie de la comédie, le chœur salue la victoire du héros et tous les personnages se retirent ; l'action s'interrompt tandis que les choreutes s'avancent vers le public pour débiter la *parabase.* La composition de ce morceau, très caractéristique de la comédie ancienne, répond à des règles fixes ; la première partie de la parabase est un récitatif débité par le coryphée ou chef du chœur : ce sont les *anapestes*, ainsi nommés à cause du mètre qui y est employé (les anapestes de la *Paix* occupent les vers 729-774 et se terminent, comme c'est toujours le cas, par une partie appelée *pnigos* ou « suffocation » – ce sont les vers 766-774 – dans laquelle le rythme s'accélère sensiblement). Les thèmes développés dans la parabase sont fixes, eux aussi : éloge du poète et conseils à la cité dans les parties simplement récitées, invocation à la Muse et éléments satiriques dans les parties chantées par l'ensemble du chœur (ici les vers 773-817).

Le héros réapparaît au début de la seconde partie pour exploiter longuement sa victoire au cours d'une série de scènes qui ne marquent pas de réelle progression dramatique mais dans lesquelles le motif central est souvent traité en tableaux antithétiques (après les artisans qui bénéficient du retour de la paix, ceux que la fin de la guerre a déjà ruinés, après les chants guerriers du fils de Lamachos, celui du fils de Cléonyme-le-lâche). Dans cette seconde partie, le chœur ne se mêle plus à l'action ; devenu simple spectateur, il n'intervient que pour quelques commentaires lyriques. Un des motifs récurrents de cette partie de la comédie est l'expulsion des charlatans et profiteurs de tout poil dûment ridiculisés par le héros (ce sont, ici, le diseur d'oracles Hiéroclès et le marchand d'armures) ; on y assiste enfin à la préparation de festins ou de noces puis au triomphe du héros : une procession joyeuse se forme où tous se disposent à goûter aux plaisirs de la sexualité et de la ripaille.

PROLOGUE (v. 1-300)

— sur terre (v. 1-172) : les deux serviteurs de Trygée pétrissent des galettes de bouse pour nourrir l'escarbot, un bousier géant (cette partie du prologue est destinée bien sûr à piquer la curiosité du public ; cela dit, la cuisine infâme à laquelle s'adonnent les deux serviteurs n'est que la première des diverses images culinaires qui mènent peu à peu, de progrès en progrès, aux délices du festin de noces). L'un des deux personnages expose le sujet de la comédie aux spectateurs. Bientôt on voit Trygée s'élever, à cheval sur l'escarbot, en dépit de l'inquiétude de ses serviteurs et de ses fillettes : longue scène de paratragédie ;

— sur l'Olympe (v. 173-300) : Trygée arrive devant la maison de Zeus : dialogue avec Hermès. Paix (Eiréné) est enfermée dans une profonde caverne. Le héros, caché, assiste aux préparatifs de la monstrueuse cuisine qu'entend faire Guerre (Polémos), assisté de son serviteur Tumulte (Kudoimos).

PARODOS (entrée du chœur) ET SCÈNES D'ACTION (v. 301-519)

— entrée joyeuse du chœur, composé essentiellement de laboureurs ; tous ont appris, on ne sait trop comment, le dessein de Trygée et sont décidés à délivrer Paix ;

— violente querelle avec Hermès, que Trygée et ses compagnons parviennent enfin à apaiser en lui offrant des présents. Le dieu consent à les aider ;

— longs efforts des laboureurs, aidés par Trygée et Hermès ; Paix sort enfin de la caverne, accompagnée de deux belles jeunes femmes, Opora (Trésor-D'Été [1]) et Théoria (Festivité).

SALUT À LA PAIX ET HISTOIRE DES DIX ANS DE GUERRE (v. 520-728)

— Trygée et les choreutes saluent avec délices Paix enfin revenue ;

— histoire comique de la guerre exposée par Hermès. Trygée se voit offrir Opora en mariage ; il se prépare à redescendre sur terre.

PARABASE (v. 729-817)

Le chœur fait l'éloge du poète qui a su élever la comédie au rang d'un grand art, et faire preuve d'un immense courage politique en luttant, sans jamais fléchir, contre le monstrueux Cléon. La parabase s'achève par un chant d'invocation à la Muse, riche en éléments satiriques (railleries contre divers poètes).

CONSÉQUENCES DE LA VICTOIRE (v. 818-1264)

— Trygée confie Opora à son serviteur qui doit la préparer pour les noces et vient offrir Théoria aux membres du Conseil, assis sur les premiers gradins du théâtre qui leur sont réservés ;

— prélude à un sacrifice en l'honneur de Paix : libations et prières (le mouton sera sacrifié à l'intérieur, hors de la vue des spectateurs). Le diseur d'oracles Hiéroclès vient débiter quelques prédictions et tenter d'obtenir une part des viscères de la

1. Trésor-D'Été et Festivité sont les traductions de V.-H. Debidour, qui a pris le parti de traduire les « noms-programmes » du théâtre d'Aristophane. C'est ainsi que Lysistrata s'appelle chez lui Démobilisette, et Trygée Lavendange.

bête sacrifiée ; Trygée rend d'abord plaisamment oracle pour oracle puis finit par chasser Hiéroclès.

— seconde parabase (v. 1127-1190 ; la seconde parabase – quand il y en a une dans la comédie – ne comporte jamais d'anapestes, et ne constitue pas, comme la première, une interruption délibérée de l'action) : les bonheurs de la paix ;

— deux artisans apparaissent, le premier, fabricant de faux, bénit le héros, le second, un marchand d'armures, accompagné de plusieurs fabricants d'armes, casques, cuirasses, lances, etc., se plaint amèrement d'être ruiné.

LES NOCES DU HÉROS (v. 1265-1359)

Célébration joyeuse des noces de Trygée et d'Opora ; elle s'achève par un chant d'hyménée qui accompagne la sortie des acteurs et des choreutes.

NOTE SUR LA MISE EN SCÈNE

Deux niveaux ?

L'action de la *Paix* se déroule en principe sur deux niveaux : la terre et le ciel, comme celle des *Grenouilles* se déroule d'abord sur terre puis aux Enfers. Or les ressources du théâtre grec ne permettent évidemment ni dans un cas ni dans l'autre une mise en scène réaliste et il est assez clair que, dans les *Grenouilles*, la maison d'Héraclès et celle du dieu des Enfers sont au même niveau ; sans doute en est-il de même dans la *Paix* pour la ferme de Trygée et la maison de Zeus. Il est vrai qu'on voit le héros monter au ciel, à cheval sur sa grotesque monture, mais cette ascension ne peut de toute façon l'élever que de quelques mètres. Où se pose-t-il alors ? Il serait peut-être tentant d'imaginer qu'il descend de la méchané une fois que celle-ci l'a hissé jusqu'au toit de la skéné. Mais il faudrait alors admettre que toute la première partie de la comédie – le texte dit explicitement que Trygée ne regagne la terre que pendant la parabase – se déroule sur ce toit. A-t-on édifié au sommet du bâtiment de scène quelque chose qui ressemble à la maison de Zeus, à la porte de laquelle Trygée vient frapper au vers 179 ? Comment admettre surtout que les vingt-quatre choreutes qui viennent l'aider dans son entreprise le rejoignent – sans que le texte en dise un mot – sur cet espace au reste assez étroit ? Et si les choreutes restent à leur place dans l'orchestra, comme c'est très vraisemblable, comment Trygée peut-il diriger du haut du ciel une manœuvre qui se déroule au niveau du sol et à laquelle lui-même dit explicitement qu'il participe (voir le vers 470) ? Mieux vaut donc considérer que tout se jouait en fait à un seul et même niveau, le public étant d'ailleurs habitué, en la matière, à imaginer bien plus qu'à voir. La méchané, après avoir élevé Trygée jusqu'au niveau du toit de la skéné, le redescendait sans doute pour le poser un peu plus loin au niveau du sol, et la porte centrale de la skéné, qui était, dans la première partie du prologue, celle de la porte de la ferme du vigneron devenait porte de la maison des dieux pour la durée de la scène « céleste ». De cette façon, Trygée et les choreutes pouvaient tirer tous ensemble Paix hors d'un trou bien visible et situé sans doute devant la porte de la skéné. Une fois la déesse délivrée, Trygée, Opora et Théoria n'avaient plus qu'à entrer dans le bâtiment de scène pour réapparaître après la parabase par une des eisodoi.

Il existe d'autres hypothèses qu'on trouvera exposées dans les diverses éditions et commentaires de la pièce.

La composition du chœur

Au vers 301 accourt dans l'orchestra, à l'appel de Trygée, un chœur composé – comme dans toute comédie – de vingt-quatre choreutes. Ce sont, d'après les mots mêmes de Trygée (v. 292-298), des représentants de tous les peuples grecs, et des gens de toutes professions. Plus tard, comme certains se montrent réticents ou inefficaces, Trygée écarte successivement du groupe les Béotiens (v. 466), puis Lamachos (v. 473), les Argiens (v. 475) et les Mégariens (v. 481 et 500), pour ne garder que les laboureurs athéniens (v. 508). Que faut-il comprendre ? Beaucoup ont pensé qu'un certain nombre de comparses, constituant une sorte de chœur annexe, accompagnaient les vingt-quatre choreutes réglementaires, et disparaissaient au vers 539. Il paraît plus simple et plus naturel de considérer que le chœur est composé d'un bout à l'autre de la comédie des mêmes vingt-quatre choreutes ; que certains sont désignés dans la première partie comme non-athéniens ou partisans de la poursuite de la guerre et écartés momentanément au cours de la scène d'action très mouvementée qu'est la délivrance de Paix (rien n'empêche d'ailleurs qu'ils viennent se refondre dans le groupe au cours de quelque bousculade), mais que ces différences sont oubliées sitôt que la déesse est délivrée et que le chœur comique, désormais réunifié, devient simple spectateur et commentateur de l'action.

INDICATIONS BIBLIOGRAPHIQUES

Éditions et traductions

DEBIDOUR V.-H., *Aristophane. Théâtre complet*, Paris, Gallimard, « Folio » n°s 1789 et 1790 (traduction de l'ensemble de l'œuvre).

PLATNAUER M., *Aristophanes' Peace*, Oxford, 1964 (édition et commentaire en anglais).

ROGERS B. B., *Aristophanes' Peace*, 2e éd., Londres, 1913 (traduction et notes en anglais).

SOMMERSTEIN A., *Aristophanes' Peace*, Warminster, Aris & Phillips, 1985 (traduction et commentaire en anglais).

THIERCY P., *Aristophane*, Paris, Gallimard, « La Pléiade », 1997 (traduction de l'ensemble de l'œuvre).

VAN DAELE H. et COULON V., *Aristophane*, 5 vol., Paris, 1923-1930 (édition du texte en grec avec une traduction française et de nombreuses notes).

Études critiques

CARRIÈRE J.-C., *Le Carnaval et la politique ; une introduction à la comédie grecque*, 2e éd., Paris, Les Belles Lettres, 1979.

DEBIDOUR V.-H., *Aristophane*, Paris, Seuil, « Écrivains de toujours », 1962.

DEMONT P. et LEBEAU A., *Introduction au théâtre grec antique*, Le Livre de Poche, « Références », 1996.

DOVER K. J., *Aristophanic Comedy*, Londres, 1972.

MACDOWELL D., *Aristophanes and Athens*, Oxford, 1995.

NEWIGER H.-J., « War and Peace in the Comedy of Aristophanes », *Yale Classical Studies* 26, 1980.

SANDBACH F. H., *The Comic Theatre of Greece and Rome*, Londres, 1977.

SEGAL E. (ed.), *Oxford Readings in Aristophanes*, Oxford, 1996.

TAILLARDAT J., *Les Images d'Aristophane*, 2e éd., Paris, 1965.

THIERCY P., *Aristophane, fiction et dramaturgie*, Paris, Les Belles Lettres, 1986.

WHITMAN C., *Aristophanes and the Comic Hero*, Cambridge Mass., 1964.

La Paix

PERSONNAGES

DEUX SERVITEURS DE TRYGÉE

TRYGÉE

UNE FILLETTE (FILLE DE TRYGÉE)

HERMÈS

POLÉMOS (GUERRE)[1]

TUMULTE (KUDOIMOS)

CHŒUR DES LABOUREURS

HIÉROCLÈS (DISEUR D'ORACLES)

UN FABRICANT DE FAUX

UN MARCHAND D'ARMURES

L'ENFANT DE LAMACHOS

L'ENFANT DE CLÉONYME

Personnages muets : une des deux fillettes de Trygée, PAIX, OPORA, THÉORIA, un fabricant de casques, un faiseur de lances et quelques autres artisans.

(Les parties chantées sont imprimées en italiques.)

---

1. A. Willems conserve avec raison le nom grec Polémos (alors qu'il utilise les traductions Tumulte et Paix) parce qu'il est évidemment significatif que Guerre soit un nom masculin (Polémos) au contraire de Paix (Eiréné : nom féminin en grec comme en français).

La skéné représente la ferme de Trygée.

PREMIER SERVITEUR.

Passe, passe vivement une galette pour l'escarbot.

DEUXIÈME SERVITEUR.

Voilà. Donne-la-lui, et peste soit de la bête. Puisse-t-elle ne jamais manger meilleure galette que celle-ci.

PREMIER SERVITEUR.

Donnes-en une autre, faite de crottin d'âne.

DEUXIÈME SERVITEUR.

Revoilà. Où donc est celle que tu emportais à l'instant ? Il ne l'a pas dévorée ?

PREMIER SERVITEUR.

Il a fait mieux, par Zeus ; il me l'a arrachée des mains et gobée tout d'un coup, après l'avoir roulée entre ses deux pattes. Allons, au plus vite, broies-en en quantité, de bien compactes.

DEUXIÈME SERVITEUR.

Éboueurs [1], aidez-moi, au nom des dieux, si vous ne voulez pas me laisser suffoquer.

---

1. Les *koprologues* étaient chargés de ramasser les ordures et de les porter hors de l'enceinte d'Athènes, à une distance d'au moins deux kilomètres (Aristote, *Constitution d'Athènes*, 50).

PREMIER SERVITEUR.

Une autre, donnes-en une autre, d'un garçon qui s'est prostitué. Car il dit l'aimer bien moulue.

DEUXIÈME SERVITEUR.

Voilà. (Aux spectateurs :) Il est une chose, Messieurs, dont je crois qu'on me tient quitte. Personne ne m'accusera de manger la pâte que je pétris.

PREMIER SERVITEUR.

Pouah ! Passe-m'en une autre, une autre encore, puis une autre, et broies-en toujours d'autres.

DEUXIÈME SERVITEUR.

Par Apollon, je n'en ferai rien. Car je ne suis plus en état de supporter cette sentine.

PREMIER SERVITEUR.

Aussi vais-je la prendre et l'emporter, la sentine.

DEUXIÈME SERVITEUR.

Oui, par Zeus, aux corbeaux, et toi-même pardessus le marché. (Aux spectateurs :) Si l'un de vous le sait, qu'il m'informe où je peux acheter un nez non troué. Car il n'est décidément de besogne plus misérable que de pétrir de quoi donner la pâture à un escarbot. Un porc ou un chien s'attaque sans façon aux matières comme on les chie. Mais lui, par superbe, fait des manières et ne daigne point manger, que je ne lui serve, après l'avoir travaillée une journée entière, une galette pétrie en boule comme pour une femme[1]. Mais je vais m'assurer là s'il a fini de s'assouvir, en entrebâillant cette porte, de crainte qu'il ne m'aperçoive. (Il regarde à l'intérieur.) Gave-toi, ne cesse pas un instant de manger jusqu'à ce que tu crèves sans t'en douter. Comme elle mange, l'exécrable bête, penchée en avant, à la façon d'un lutteur, jouant serré des molaires, et cela tout en décrivant des cercles de la tête et des bras, comme ça, tiens, comme ceux qui tressent les gros câbles sur les bateaux de transport. L'être immonde, et malodorant, et vorace, de quel dieu est-il le porte-guignon ? Je ne sais : il ne m'a pas l'air d'être d'Aphrodite, ni certes point des Charites.

PREMIER SERVITEUR.

Et de qui alors ?

DEUXIÈME SERVITEUR.

Nul doute, il est bien le signe de Zeus Merdoyant[2].

PREMIER SERVITEUR.

Il se pourrait donc qu'à présent un des spectateurs, un petit jeune homme qui se pique de sagacité, s'écrie : « Qu'est-ce que ce sujet-là ? À quoi rime cet escarbot ? » Puis un Ionien, assis à ses côtés, de répondre : « À mon avis, c'est une allusion à Cléon qu'icelle bête mangeant si effronté-

---

1. Pétrir longuement une galette était une marque de raffinement, et un commentateur ancien note que les femmes pétrissaient à leur propre usage avec plus de soin. L'escarbot se comporte en somme en gourmet exigeant.
2. En grec *Skataibatès*, mot scatologique forgé sur le modèle de l'épiclèse *Kataibatès* : Zeus « qui descend », Zeus Foudroyant.

ment l'ordure[1]. » Mais je rentre pour donner à boire à l'escarbot. (Il entre.)

DEUXIÈME SERVITEUR.

Et moi je vais expliquer le sujet aux petits jeunes gens, aux hommes de peu, aux hommes, aux plus éminents des hommes et, de surcroît, à ceux qui se croient au-dessus des hommes. Mon maître est atteint d'une étrange manie, non la vôtre[2], mais une autre, très particulière. Tout le long du jour, les yeux fixés au ciel, la bouche ouverte comme ça, il invective contre Zeus, et s'écrie : « Ô Zeus, que prétends-tu faire ? dépose ton balai, ne balaie pas l'Hellade de la surface de la terre »... Oh ! Oh ! Silence ! Il me semble entendre sa voix.

TRYGÉE (de l'intérieur).

Ô Zeus, que veux-tu donc faire de notre peuple ? Tu vas, à ton insu, égrener[3] nos cités.

DEUXIÈME SERVITEUR.

Le voilà, le voilà bien le mal dont je parlais. Car c'est un échantillon de ses transports, ce que vous entendez là ; mais ce qu'il disait lors des premiers accès de sa bile, vous allez le savoir. Il se parlait à lui-même ici à cette même place : « Comment arriver jamais droit à Zeus ? » Puis, se fabriquant de minces petites échelles, il y grimpait pour atteindre

1. Sur Cléon, démagogue et partisan acharné de la guerre contre Sparte, voir l'Introduction, p. 21. Cette réplique est écrite en dialecte ionien, différent de l'ionien-attique parlé à Athènes ; c'est ce que le traducteur a voulu suggérer en employant un terme peu usuel comme « icelle ». 2. La manie des Athéniens est sans doute la manie de juger, sujet des *Guêpes* d'Aristophane (Debidour l'appelle « judicardite »). 3. Le verbe employé par Aristophane signifie « ôter les grains d'une grenade » et équivaut à « malmener », « anéantir ».

le ciel, jusqu'à ce qu'un jour il se fende la tête en tombant. Hier enfin qu'il s'en était allé à la male heure je ne sais où, il ramena au logis un énorme escarbot de l'Etna[1] dont il me força d'être le palefrenier. Lui-même le flatte de la main comme une pouliche : « Ô mon Pégase, lui dit-il, mon noble oiseau, tâche à me prendre et à t'envoler tout droit chez Zeus. » Mais je vais pousser la tête par là et voir ce qu'il fait. Ah malheur ! Ici, ici, voisins. Mon maître s'élève là-haut, dans l'air, assis à cheval sur l'escarbot.

(Trygée apparaît, à cheval sur un mannequin représentant un bousier géant, fixé sur la nacelle de la méchané.)

TRYGÉE.

Tout beau, tout beau, doucement, mon bidet[2]. Ne prends pas dès l'abord un élan trop impétueux, par confiance en ta force, que tu n'aies sué et détendu les muscles de tes membres par l'action de tes ailes. Et ne m'empoisonne pas de ton haleine, je t'en conjure. Si tu penses le faire, reste plutôt ici, au logis.

DEUXIÈME SERVITEUR.

Ô maître et seigneur, tu extravagues.

TRYGÉE.

Paix là ! paix.

---

1. L'Etna passait pour nourrir une espèce d'escarbots géants. **2.** Toute la scène qui suit est une parodie burlesque du *Bellérophon* d'Euripide, tragédie dans laquelle le héros montait au ciel sur Pégase. La parodie est particulièrement sensible dans les deux récitatifs que débite Trygée, adressés tous les deux à sa monture (ici, puis après le dialogue avec sa fillette).

DEUXIÈME SERVITEUR.

À quelle fin battre l'air sans raison ?

TRYGÉE.

C'est pour le bien de tous les Hellènes que je m'envole, un projet hardi et nouveau que j'ai combiné.

DEUXIÈME SERVITEUR.

Pourquoi t'envoler ? Pourquoi cette inutile folie ?

TRYGÉE.

Il s'agit de se recueillir, de ne point marmotter de vains propos, mais de pousser une pieuse clameur. Dis aux gens de se taire, de murer avec des briques neuves les latrines et les cloaques et de serrer leurs derrières.

DEUXIÈME SERVITEUR.

Impossible de me taire si tu ne m'expliques où tu te proposes de t'envoler.

TRYGÉE.

Où donc si ce n'est vers Zeus, au ciel ?

DEUXIÈME SERVITEUR.

À quelle fin ?

TRYGÉE.

Pour lui demander comment il compte agir à l'égard de tous les Hellènes, sans exception.

DEUXIÈME SERVITEUR.

Et s'il ne s'explique pas ?

TRYGÉE.

Je l'accuserai de trahir l'Hellade au profit des Mèdes[1].

DEUXIÈME SERVITEUR.

Non, par Dionysos, jamais de mon vivant...

TRYGÉE.

Il ne se peut autrement.

DEUXIÈME SERVITEUR (appelant).

Iou ! Iou ! Iou ! Enfants, votre père s'en va, vous plantant là toutes seules ; il monte au ciel clandestinement. Suppliez-le, votre père, petites malheureuses.

(Deux fillettes sortent en courant de la maison.)

LA FILLETTE.

Père, père, « est-il fondé le bruit venu jusqu'à nos chambres[2] », qu'avec les oiseaux, sans souci de moi, tu vas, à la merci des vents, t'en aller aux corbeaux ? Y a-t-il un mot de vrai de cela ? Parle, père, pour peu que tu m'aimes.

TRYGÉE.

« Il est à présumer, mes filles. Le certain », c'est que vous m'excédez quand vous me demandez du pain en m'appelant papa, et qu'au logis ne se trouve pas la moindre parcelle d'argent. Si je réussis et reviens, vous aurez toujours, en son temps et

---

1. Le « médisme », ou intelligence avec les Mèdes, était un crime de haute trahison. L'accusation était très à la mode à une époque où le roi de Perse pouvait tirer profit des dissensions entre cités grecques. **2.** Les phrases entre guillemets sont autant de parodies d'Euripide, particulièrement d'une tragédie perdue intitulée *Éole*.

lieu, une grande tourte de pain, avec un soufflet pour condiment.

LA FILLETTE.

« Quel moyen auras-tu d'accomplir ce voyage ? » Ce n'est pas un navire qui te mènera par cette voie-là.

TRYGÉE.

Un poulain ailé me transportera. Je ne m'embarquerai point.

LA FILLETTE.

Mais quelle idée à toi d'équiper un escarbot pour aller chez les dieux, petit père ?

TRYGÉE.

Les fables d'Ésope font foi que, seul des volatiles, il est parvenu jusqu'aux dieux [1].

LA FILLETTE.

Ah ! père, père, tu nous fais un conte incroyable : une bête puante être allée chez les dieux !

TRYGÉE.

Elle y alla par animosité contre l'aigle, il y a bien longtemps, pour faire dégringoler ses œufs, en guise de représailles.

LA FILLETTE.

« Il fallait donc brider quelque Pégase ailé », afin d'apparaître aux dieux d'un air plus théâtral.

---

1. *L'Aigle et l'escarbot*, fable du recueil ésopique imitée par La Fontaine (*Fables* 2, 8).

TRYGÉE.

Mais, pauvrette, il m'eût fallu doubler les rations. Tandis que maintenant les vivres que j'aurai consommés moi-même seront ceux dont je le nourrirai.

LA FILLETTE.

« Et quoi ? s'il vient à choir dans les gouffres humides », comment avec ses ailes pourra-t-il s'en tirer ?

TRYGÉE.

J'ai là, tout exprès, un gouvernail dont j'userai ; et mon bateau sera un escarbot, façon Naxos[1].

LA FILLETTE.

« Ballotté par les flots, quel port te recevra ? »

TRYGÉE.

Eh bien, au Pirée, il y a un bassin de l'Escarbot[2].

LA FILLETTE.

« Prends garde de glisser et de choir de là-haut » ; puis que, devenu boiteux[3], tu ne fournisses un sujet à Euripide et ne deviennes tragédie.

TRYGÉE.

J'y ferai attention. Maintenant, adieu. (Aux spectateurs :) Quant à vous, pour qui je me donne tout ce mal, ne pétez point, ne chiez point d'ici à trois jours.

---

1. Le « gouvernail » est évidemment le phallus, partie essentielle du costume comique. On construisait, dans l'île de Naxos, des bateaux de transport appelés, sans doute à cause de leur forme, escarbots. **2.** Un des trois ports du Pirée s'appelait Kantharos (escarbot). **3.** Comme Bellérophon lui-même. Aristophane se moque volontiers des boiteux, infirmes et mendiants divers de l'œuvre d'Euripide (voir par exemple les vers 407-478 des *Acharniens*).

Car si du haut des airs celui-ci en a le vent, il me précipitera la tête en bas et se prendra au charme.

Voyons, Pégase, pars allégrement, en brimbalant ton frein aux rênes garnies d'or, en dressant les oreilles. Que fais-tu ? Que fais-tu ? Qu'as-tu à pencher tes naseaux du côté des cloaques ? Élance-toi bravement de terre, puis, déployant ton aile rapide, va droit à la cour de Zeus, en détournant ton nez des excréments et de tout aliment populaire. (L'escarbot s'élève lentement dans les airs.) Eh ! l'homme, que fais-tu là, toi qui te soulages au Pirée, près des lupanars. Tu vas me tuer. Veux-tu bien enfouir cela, le recouvrir d'un grand tas de terre, planter dessus du serpolet et y répandre des parfums ? Car si, tombé d'ici, il m'arrive malheur, la cité des Chiotes [1] paiera pour ma mort cinq talents, par la faute de ton derrière. Ah ! que j'ai peur, et je ne le dis plus pour rire. Machiniste, fais attention. Déjà une flatulence tournoie autour de mon nombril. Si tu ne prends garde, je vais procurer de la pâture à l'escarbot. Mais me voici proche des dieux, ce me semble. Eh ! oui, j'aperçois la demeure de Zeus. (La méchané s'arrête et Trygée en descend.) Qui donc est le portier de Zeus ? M'ouvrirez-vous ?

HERMÈS.

D'où vient cette odeur de mortel qui frappe mes narines ? Ô seigneur Héraclès, qu'est-ce que cette horreur-là ?

---

1. L'île de Chios est évidemment choisie pour sa consonance aussi suggestive en grec qu'en français ; cela dit, les Athéniens cherchaient tous les prétextes possibles pour extorquer de l'argent aux cités « alliées » (membres de leur empire).

TRYGÉE.

Un hippocanthare[1].

HERMÈS.

Goujat, téméraire, impudent, canaille, canaille finie, archicanaille, comment es-tu monté ici, ô la plus insigne des canailles ? Décline-moi ton nom. Parleras-tu ?

TRYGÉE.

Archicanaille.

HERMÈS.

Et ton pays d'origine. Explique-toi.

TRYGÉE.

Archicanaille.

HERMÈS.

Et ton père ?

TRYGÉE.

Mon père ? Archicanaille.

HERMÈS.

Ah ! par la Terre, bien sûr tu périras, si tu ne me dis pas ton nom.

TRYGÉE.

Trygée d'Athmonée, habile vigneron, point sycophante, point épris de querelles[2].

---

1. « Cheval-bousier » : composé forgé sur le modèle des hippocentaures de la mythologie. **2.** Athmonée est un dème – c'est-à-dire une commune – situé au nord d'Athènes. Le sycophante, figure très familière pour le public athénien, est un délateur professionnel.

HERMÈS.

Que viens-tu faire ici ?

TRYGÉE.

T'apporter ces viandes.

HERMÈS (radouci).

Mon pauvre homme, comment es-tu venu ?

TRYGÉE.

Ô le goinfre, vois-tu bien que je ne t'ai plus l'air d'une archicanaille. Allons, va m'appeler Zeus.

HERMÈS.

Hi ! Hi ! Hi ! Tu n'es pas près d'approcher les dieux. Ils sont partis, déménagés d'hier.

TRYGÉE.

En quel lieu de la terre ?

HERMÈS.

Bon, de la terre !

TRYGÉE.

Et où alors ?

HERMÈS.

Fort loin, au fin fond de la calotte du ciel.

TRYGÉE.

Et d'où vient que toi, on t'ait laissé seul ici ?

HERMÈS.

Je garde le restant des ustensiles des dieux, les petites marmites, les planchettes, les petites amphores.

TRYGÉE.

Et pourquoi ont-ils déménagé, les dieux ?

HERMÈS.

De colère contre les Hellènes. Et à cette place, où ils se tenaient eux-mêmes, ils ont installé Polémos, en vous livrant à lui pour faire de vous ce qu'il voudra. Eux ont émigré le plus haut possible, afin de ne plus vous voir batailler plus longtemps et de ne plus rien ouïr de vos supplications.

TRYGÉE.

Pour quelle raison nous traitent-ils de la sorte ? Dis-moi.

HERMÈS.

Parce que vous préfériez la guerre, alors que souvent ils vous donnaient des occasions de trêves ; que les Lacédémoniens, s'ils remportaient le moindre succès, s'écriaient : « Ah ! par les deux dieux[1], le petit Athénien va nous le payer » ; et que si au contraire la chance vous favorisait, vous Athéniens, et que les Laconiens vinssent traiter de la paix : « Nous sommes joués, disiez-vous aussitôt, oui, par Athéna, oui, par Zeus, ne fléchissons pas, ils reviendront encore, pourvu que nous tenions Pylos[2]. »

TRYGÉE.

Oui, c'est assez le style des gens de chez nous.

---

1. Les Dioscures, Castor et Pollux. **2.** Les Lacédémoniens s'efforçaient, depuis la victoire remportée en 425 à Pylos, en Messénie, par les Athéniens, d'obtenir que leur soient rendus leurs prisonniers. Les Athéniens, de leur côté, n'en étaient que plus intransigeants.

HERMÈS.

Et c'est pourquoi je ne sais si à l'avenir vous reverrez encore la Paix.

TRYGÉE.

Et où donc a-t-elle disparu ?

HERMÈS.

Polémos l'a précipitée dans un antre profond.

TRYGÉE.

Quel antre ?

HERMÈS.

Dans celui-là, là-dessous. Et tu vois que de pierres il a accumulées sur elle, afin que vous ne la possédiez plus jamais.

TRYGÉE.

Dis-moi, et avec nous comment compte-t-il agir ?

HERMÈS.

Je ne sais qu'une chose, c'est qu'hier soir il a introduit un mortier d'une dimension colossale.

TRYGÉE.

À quoi va-t-il l'employer, ce mortier ?

HERMÈS.

Il se propose d'y broyer vos cités. Mais je m'en vais, car j'ai dans l'idée qu'il ne tardera pas à sortir. Aussi mène-t-il là-dedans grand fracas. (Il rentre.)

TRYGÉE.

Ah malheur ! Voyons, sauvons-nous de lui. Car moi aussi j'ai cru entendre comme le son d'un mortier belliqueux. (Il se cache dans un coin.)

POLÉMOS (il tient un énorme mortier).

Ah ! mortels, mortels, mortels tant éprouvés. Que vous allez pâtir tout à l'heure des mâchoires !

TRYGÉE.

Seigneur Apollon, le vaste mortier ! Quelle horreur que la seule vue de Polémos ! Le voilà donc, celui que nous fuyons, le terrible, l'intraitable qui, le long des jambes[1]...

POLÉMOS.

Ah ! Prasies, trois fois, cinq fois, dix, dix et dix fois malheureuse Prasies. Ah ! que tu vas périr aujourd'hui. (Il jette des poireaux dans le mortier[2].)

TRYGÉE (aux spectateurs).

Ceci, Messieurs, ne nous regarde pas encore. Ce malheur-là concerne la Laconie.

POLÉMOS.

Ô Mégare, Mégare, que tu vas sur l'heure être pilée et proprement réduite en ratatouille. (Il jette des aulx dans le mortier.)

TRYGÉE.

Miséricorde, sont-ils grands et amers les sujets

---

1. Allusion à un effet physiologique traditionnel de la peur, la colique.
2. Le nom de Prasies, port de Laconie, rappelle celui du poireau, *prason*. Les autres cités sont assimilées à leurs productions les plus célèbres, l'ail de Mégare, le fromage de Sicile, le miel de l'Attique.

de pleurs qu'il a jetés là-dedans pour les Mégariens !

POLÉMOS.

Ah ! Sicile, toi aussi que te voilà perdue ! (Il jette un fromage dans le mortier.)

TRYGÉE.

Quel État l'on va râper en miettes, l'infortuné !

POLÉMOS.

Allons, versons aussi là-dedans ce miel attique. (Il verse du miel dans le mortier.)

TRYGÉE (à part).

Holà ! je te conseille de prendre un autre miel. Celui-ci revient à quatre oboles. Épargne le miel attique.

POLÉMOS (appelant).

Garçon, garçon, Tumulte.

TUMULTE.

Que me veux-tu ?

POLÉMOS.

Tu vas pleurer amèrement. Tu restes oisif ? Tiens pour toi : un coup de poing.

TRYGÉE (à part).

Qu'il est piquant !

TUMULTE.

Aïe ! misère de moi, maître.

TRYGÉE (à part).

A-t-il mis aussi de son ail dans le coup de poing ?

POLÉMOS.

Cours me chercher un pilon.

TUMULTE.

Mais, mon cher, nous n'en avons point. Nous sommes emménagés d'hier.

POLÉMOS.

Cours vite en chercher un chez les Athéniens.

TUMULTE.

Je veux bien, par Zeus ; sinon il m'en cuira. (Il sort.)

TRYGÉE (à part).

Or çà, qu'allons-nous faire, pauvres petits humains ? Vous voyez dans quel péril nous sommes. Car s'il revient avec le pilon, il va sabouler les cités tout à loisir. Puisse-t-il périr, ô Dionysos, et ne pas le rapporter !

POLÉMOS (appelant).

Holà !

TUMULTE (revenant les mains vides).

Qu'y a-t-il ?

POLÉMOS.

Tu ne l'apportes pas ?

TUMULTE.

Excuse-moi. Les Athéniens ont perdu leur

pilon[1], le marchand de cuir qui mettait en confusion l'Hellade.

TRYGÉE (à part).

Bravo, auguste maîtresse Athéna, il a bien fait de périr, et à point nommé pour la cité, si c'est avant de nous avoir servi sa ratatouille.

POLÉMOS.

Vas-en quérir un autre à Lacédémone, et dépêche-toi.

TUMULTE.

Entendu, maître.

POLÉMOS.

Et reviens tout de suite. (Tumulte sort.)

TRYGÉE (aux spectateurs).

Messieurs, que va-t-il arriver de nous ? C'est ici le moment décisif. S'il y a quelqu'un parmi vous qui se trouve avoir été initié à Samothrace[2], voici l'instant de prier pour que le messager se donne une entorse à chaque pied.

TUMULTE (revenant).

Hélas ! malheureux, oui, hélas ! et encore hélas !

POLÉMOS.

Qu'est-ce ? Tu ne l'apportes toujours pas ?

---

1. Le pilon des Athéniens, c'est Cléon, partisan de la guerre, mort à Amphipolis quelques mois auparavant en même temps que le pilon de Lacédémone, Brasidas (voir l'Introduction, p. 22). **2.** Il s'agit d'un culte à mystères, celui des Cabires de Samothrace, protecteurs des marins et des voyageurs.

TUMULTE.

Il a péri aussi, le pilon des Lacédémoniens.

POLÉMOS.

Comment, drôle ?

TUMULTE.

Dans les régions contiguës à la Thrace, où ils l'avaient prêté à d'autres, c'est là qu'ils l'ont perdu.

TRYGÉE (à part).

Bien fait, bien fait, ô Dioscures. Peut-être tout marchera-t-il. Courage, mortels.

POLÉMOS.

Prends ces ustensiles et rapporte-les-moi, je rentre me fabriquer un nouveau pilon.

(Polémos et Tumulte entrent.)

TRYGÉE (s'avançant).

C'est maintenant que vient à point le refrain de Datis[1], celui-même qu'il chantait en se branlant l'après-midi : « Que je suis aise, que je m'éjouis, que je me jubile ! » C'est ici l'heure pour nous, Hellènes, affranchis des querelles et des batailles, de dégager la Paix chérie de tous, avant qu'un autre pilon y mette obstacle. Laboureurs, négociants, artisans, ouvriers, métèques, étrangers, insulaires, arrivez ici, peuples, et au plus vite, avec des pelles,

1. Personnage d'origine barbare, peut-être un esclave de comédie, qui avait fait rire par ses gestes obscènes et ses barbarismes (« je me jubile » dans la traduction).

des leviers et des câbles. Libre à nous maintenant de ravir la coupe du bon génie[1].

(Vingt-quatre choreutes entrent vivement dans l'orchestra.)

LE CORYPHÉE.

Ici, tous, marchez avec ardeur, droit à la délivrance. Hellènes de toute race, courons en avant ; c'est le cas où jamais, délivrés que nous sommes des lignes de bataille et des méchantes chlamydes écarlates[2]. Car voici qu'a lui le jour ennemi de Lamachos[3]. Ainsi donc, s'il est quelque chose à faire, dis-le nous et dirige nos travaux. Il n'y a pas de danger que je me décide aujourd'hui à quitter la partie, avant que, par leviers et engins, j'aie ramené à la lumière la plus grande de toutes les déesses et la plus amie de nos vignes.

TRYGÉE.

Vous tairez-vous ? Gardez que, joyeux à l'excès de ce qui arrive, vous ne rallumiez par vos cris la fureur de Polémos.

LE CORYPHÉE.

Mais joyeux nous sommes d'entendre pareille proclamation ; car elle ne nous enjoint pas de venir avec des vivres pour trois jours[4].

---

1. On faisait dans les banquets une libation de vin pur au « bon génie » pour être favorisé par la chance. **2.** Les taxiarques, officiers de l'armée athénienne, portaient des manteaux rouges. **3.** Le stratège athénien Lamachos, dont le nom comporte le mot « bataille » (*maché*), est chez Aristophane, pour cette raison, le type même du « va-t-en-guerre ». **4.** Recommandation officielle adressée à tous les citoyens mobilisés pour une guerre.

TRYGÉE.

Méfiez-vous du Cerbère d'en-bas[1] ; tremblez que, écumant et hurlant comme lorsqu'il était ici, il ne nous empêche de délivrer la déesse.

LE CORYPHÉE.

Nul malgré tout ne me l'arrachera, dès qu'une fois je la tiendrai dans mes bras. Iou ! Iou !

TRYGÉE.

Vous me ferez mourir, mes amis, si vous ne retenez vos cris. Car il va s'élancer dehors et culbuter tout ceci à coups de pied.

LE CORYPHÉE.

Qu'il confonde, qu'il piétine, qu'il bouleverse tout. Nous ne saurions aujourd'hui faire trêve à notre joie. (Les choreutes se mettent à danser.)

TRYGÉE.

Quelle est cette folie-là ? Qu'est-ce qui vous prend, mes amis ? Au nom des dieux, n'allez pas gâter par vos danses la plus glorieuse entreprise.

LE CORYPHÉE.

Je ne tiens pas à danser ; mais de plaisir, sans que je bouge, mes jambes dansent d'elles-mêmes.

TRYGÉE.

Pour le coup, c'en est assez ; cesse, cesse de gambader.

---

1. Cléon, « chien du peuple » (métaphore qui désigne usuellement le démagogue), est tout naturellement assimilé au chien Cerbère maintenant qu'il est mort.

LE CORYPHÉE.

Tiens, voilà ; je finis.

TRYGÉE.

Tu le dis, mais ne finis point.

LE CORYPHÉE.

Si fait, accorde-moi ce seul pas, et ce sera tout.

TRYGÉE.

Va pour celui-là, mais vous n'en danserez plus d'autre.

LE CORYPHÉE.

Nous ne danserons pas, si cela peut te rendre service.

TRYGÉE.

Mais voyez, vous continuez encore.

LE CORYPHÉE.

Encore, par Zeus, ce battement de la jambe droite, puis nous finissons.

TRYGÉE.

Je vous l'accorde, que vous ne me chagriniez plus.

LE CORYPHÉE.

De la gauche aussi, c'est plus fort que moi. Car je suis aise, je jubile, je pète, je ris, plus que d'avoir dépouillé la vieillesse, d'échapper au bouclier.

TRYGÉE.

Gardez de vous réjouir maintenant, vous n'êtes encore sûrs de rien. Mais quand nous la tiendrons, alors réjouissez-vous, criez, riez ; car vous pourrez alors à votre fantaisie naviguer, demeurer au logis, faire l'amour, dormir, assister à des fêtes, banqueter, jouer au cottabe[1], vivre en sybarites, crier iou ! iou !

LE CHŒUR.

Ah ! qu'il me soit donné de voir enfin ce jour. Car j'ai enduré bien des ennuis, tâté de bien de ces litières qui furent le lot de Phormion[2]*. Tu ne trouveras plus en moi un dicaste revêche et morose, aux façons dures, comme autrefois, mais tu me verras flexible et bien reverdi, une fois délivré des querelles. Car il y a beau temps que nous nous tuons et nous consumons en allées et venues pour gagner le Lycée*[3]*, quitter le Lycée avec la lance et le bouclier. Mais que ferons-nous qui te soit le plus agréable ? Voyons, parle, puisqu'une heureuse fortune t'a désigné pour notre maître absolu.*

TRYGÉE.

Voyons que j'avise comment tirer ces pierres.

HERMÈS (survenant).

Canaille, téméraire, que prétends-tu faire ?

---

1. Jeu pratiqué dans les banquets et lié sans doute à la pratique des libations. **2.** Stratège athénien réputé pour la simplicité et l'austérité de ses mœurs. **3.** Un des gymnases d'Athènes qui servait de lieu de rassemblement et de manœuvres pour l'armée.

TRYGÉE.

Rien que de bien. Tout comme Cillicon[1].

HERMÈS.

Tu es perdu, misérable.

TRYGÉE.

Si le sort me désigne, pas vrai ? Car, Hermès que tu es, tu procéderas par le sort[2], j'en suis sûr.

HERMÈS.

Tu es perdu, perdu sans rémission.

TRYGÉE.

Pour quel jour ?

HERMÈS.

À l'instant même.

TRYGÉE.

Mais je n'ai rien acheté encore, ni farine d'orge, ni fromage, comme le doit quelqu'un qui marche à sa perte[3].

HERMÈS.

Et pourtant, te voilà foutu.

TRYGÉE.

Oui-dà ? Et d'où vient qu'ayant une telle fortune je n'aie rien ressenti ?

---

1. Cillicon aurait livré sa patrie (Milet sans doute) aux ennemis, et quand on lui demandait ce qu'il avait fait, il répondait : « Rien que de bien. » **2.** Hermès est le dieu des sorts. À Athènes, on tirait au sort, apparemment, l'ordre dans lequel devaient être exécutés les condamnés à mort. **3.** C'est-à-dire le soldat qui part pour la guerre.

HERMÈS.

Sais-tu bien que Zeus a décrété la mort contre celui qui serait pris à la déterrer ?

TRYGÉE.

Et dès lors il est de toute nécessité que je meure ?

HERMÈS.

Rien n'est plus sûr.

TRYGÉE.

Alors prête-moi trois drachmes pour acheter un petit porc. Car il faut que je me fasse initier avant de mourir[1].

HERMÈS.

Ô Zeus qui lances le tonnerre et la foudre...

TRYGÉE.

Au nom des dieux, ne me dénonce pas, je t'en conjure, maître.

HERMÈS.

Je ne puis garder le silence.

TRYGÉE.

Si fait, au nom des viandes que je t'apportai avec tant d'empressement.

HERMÈS.

Mais, mon bon, je serai dissous par Zeus si je ne perce l'air de mes cris, si je ne clame à tue-tête.

---

1. On sacrifiait un porc pour se faire initier aux mystères d'Éleusis. La religion éleusinienne promettait aux initiés le bonheur dans l'au-delà.

TRYGÉE.

Ne crie pas, je t'en prie, mon petit Hermès. Dites, qu'avez-vous, vous autres ? Vous vous tenez là tout pantois : ne restez pas muets, malheureux ; sinon il va crier.

LE CHŒUR.

Point de cela ! Hermès, maître, point de cela ! point de cela ! S'il te souvient d'avoir dévoré avec plaisir un petit porc que je t'offris, ne tiens pas ce don pour une misère dans la présente conjoncture.

TRYGÉE.

N'entends-tu pas comme ils te cajolent, ô seigneur et maître ?

LE CHŒUR.

Ne te montre pas revêche à nos instances et ne nous empêche point de la délivrer ; mais sois-nous gracieux, ô le plus philanthrope et le plus libéral des dieux, pour peu que les panaches t'écœurent et les sourcils de Pisandre[1]*. Et en tout temps, ô maître, nous t'honorerons par de saints sacrifices et des processions magnifiques, à jamais.*

TRYGÉE.

Voyons, je t'en conjure, compatis à leur voix. Aussi bien t'honorent-ils plus qu'ils ne faisaient, car ils sont aujourd'hui plus voleurs qu'ils n'étaient[2], et je révélerai une chose grave et terrible, un complot contre tous les dieux.

---

1. Un des partisans de la guerre, qui n'a de terrible que « ses aigrettes et ses sourcils » (*Oiseaux*, v. 1557). **2.** Hermès est le dieu des voleurs.

HERMÈS.

Va donc, déclare-toi ; peut-être me convaincras-tu.

TRYGÉE.

Il y a que Séléné et ce coquin d'Hélios complotent contre vous tous depuis longtemps déjà et trahissent l'Hellade pour les barbares.

HERMÈS.

Pour quelle raison ?

TRYGÉE.

Eh ! par Zeus, parce que c'est à vous que nous sacrifions, à eux que sacrifient les barbares. Aussi voudraient-ils, comme de raison, nous voir tous anéantis pour être seuls des dieux à recevoir les offrandes.

HERMÈS.

C'est donc pour cela que depuis longtemps ils nous escamotent des jours et rognent leur orbite par un tour de métier [1].

TRYGÉE.

Sans doute, par Zeus. Ainsi donc, cher Hermès, seconde-nous de bon cœur, et aide-nous à la délivrer. Et les grandes Panathénées, nous les célébrerons en ton honneur, ainsi que toutes les autres fêtes des dieux : à Hermès les Mystères, les Dipolies, les Adonies [2] ; partout les cités, au terme de

---

1. Allusion à la réforme du calendrier athénien. **2.** Les Panathénées étaient célébrées en l'honneur d'Athéna, les Mystères en l'honneur de Déméter, les Dipolies en l'honneur de Zeus, les Adonies en l'honneur d'Aphrodite, et Préservateur était un titre réservé à Apollon.

leurs maux, sacrifieront à Hermès Préservateur. Sans compter bien d'autres profits que tu recueilleras. Et d'abord, je te fais don de ceci (il lui tend une coupe) pour que tu puisses faire libation.

HERMÈS.

Ah ! je suis toujours compatissant aux coupes d'or.

TRYGÉE.

À vous maintenant de besogner, les amis. Allons, entrez et écartez au plus tôt les pierres avec vos pelles.

LE CORYPHÉE.

Ainsi ferons-nous. Mais toi, ô le plus sage des dieux, commande et explique-nous en homme de métier ce qu'il faut faire. Pour le reste, tu ne nous trouveras pas lâches à te seconder.

TRYGÉE (à Hermès).

Voyons, tends-moi vite la coupe, que nous mettions la main à l'ouvrage après avoir invoqué les dieux. (Il verse.)

HERMÈS.

Libation ! libation ! Recueillez-vous, recueillez-vous ! En faisant cette libation, prions que cette journée soit pour tous les Hellènes l'origine de grands biens, et quiconque avec vous empoignera bravement les câbles, que celui-là n'empoigne jamais le bouclier.

TRYGÉE.

Oui, par Zeus, et qu'il passe sa vie au sein de la

paix avec une amie, à fourgonner... dans les tisons [1].

HERMÈS.

Mais celui qui préfère la guerre, qu'il ne cesse jamais, ô seigneur Dionysos...

TRYGÉE.

... de retirer de ses coudes les pointes des dards.

HERMÈS.

Que si quelqu'un, dans son désir d'être taxiarque, t'envie de revenir à la lumière, ô divine, que dans les batailles...

TRYGÉE.

... il lui arrive la même chose qu'à Cléonyme [2].

HERMÈS.

Que si un fabricant de lances ou un marchand de boucliers, pour avancer son commerce, aspire aux batailles...

TRYGÉE.

... qu'il soit pris par des pillards et n'ait que de l'orge pour tout aliment [3].

HERMÈS.

Que si quelqu'un, pour être stratège, nous refuse son aide, ou que, comme un esclave, il se soit préparé à déserter...

---

1. Équivoque obscène. 2. Sans cesse cité comme lâche dans la comédie, pour s'être enfui du combat en jetant son bouclier. 3. L'orge : nourriture grossière qu'on donnait aux prisonniers.

TRYGÉE.

... qu'il soit étendu sur la roue et fustigé.

HERMÈS.

Et qu'à nous affluent tous les biens. Hourra, péan, hourra !

TRYGÉE.

Laisse-là le péan[1] et borne-toi à hourra.

HERMÈS.

Hourra donc, hourra, je ne crie que hourra.

TRYGÉE.

À Hermès, aux Charites, aux Heures, à Aphrodite, au Désir.

HERMÈS.

Mais non à Arès.

TRYGÉE.

Non.

HERMÈS.

Ni à Ényalios[2].

TRYGÉE.

Non.

(Les pierres ont été enlevées, et des câbles sont attachés à la dalle qui ferme la caverne.)

HERMÈS.

Maintenant halez, tous, et pesez sur les câbles.

---

1. Le mot « péan » est en grec homonyme d'un participe qui signifie : « frappant ». **2.** Le « Belliqueux », associé à Arès.

LE CHŒUR.

Oh hisse !

HERMÈS.

Hisse ferme !

LE CHŒUR.

Oh hisse !

HERMÈS.

Encore, ferme !

LE CHŒUR.

Oh hisse ! Oh hisse !

TRYGÉE.

Mais ces gens-là ne tirent pas d'accord. Unissez vos efforts. Que d'embarras vous faites ; il vous en cuira, Béotiens[1].

HERMÈS.

Hisse donc !

TRYGÉE.

Oh hisse !

LE CHŒUR.

Or çà, tirez aussi vous deux.

TRYGÉE.

Eh ! fais-je autre chose que tirer, me suspendre, retomber de tout mon poids, m'évertuer ?

---

1. Les Béotiens, de même que les Argiens dénoncés plus loin par Trygée comme « mangeant aux deux rateliers », souhaitaient la poursuite de la guerre.

LE CHŒUR.

Alors d'où vient que l'ouvrage n'avance pas ?

TRYGÉE.

Lamachos, c'est mal à toi de te tenir dans le chemin. Nous n'avons que faire, l'homme, de ton épouvantail. Et ceux-là donc, les Argiens, il y a longtemps qu'ils ne tirent pas et ne font que rire de ceux qui s'échinent, sans laisser de se faire payer la pitance des deux côtés.

HERMÈS.

Mais les Laconiens, mon brave, tirent vigoureusement.

TRYGÉE.

Sais-tu bien ? Ceux d'entre eux qui se cramponnent au bois [1] ont seuls de l'ardeur. Mais le forgeron les empêche.

HERMÈS.

Les Mégariens non plus ne font rien de bon. Ils travaillent pourtant en tirant les coins de la bouche, comme de petits chiens goulus.

TRYGÉE.

C'est qu'ils sont morts de faim, par Zeus.

HERMÈS.

Nous ne faisons rien qui vaille, mes amis. Mais d'une commune ardeur il faut nous y reprendre tous ensemble.

---

1. Il s'agit sans doute des Lacédémoniens pris à Pylos et retenus à Athènes ; une pièce de bois percée de trous et fixée par le forgeron entravait les pieds des prisonniers.

LE CHŒUR.

Oh hisse !

HERMÈS.

Hisse ferme !

LE CHŒUR.

Oh hisse !

HERMÈS.

Hisse, par Zeus !

LE CHŒUR.

Nous bougeons un peu.

TRYGÉE.

N'est-ce pas indigne et absurde que les uns tirent en un sens, les autres en sens contraire ? Vous aurez des coups, Argiens.

HERMÈS.

Hisse donc !

TRYGÉE.

Hisse oh !

LE CHŒUR.

Que malintentionnés sont certains parmi nous !

TRYGÉE (aux laboureurs athéniens).

Pour lors vous du moins qui brûlez pour la paix, tirez bravement.

LE CHŒUR.

Mais il y en a qui entravent.

HERMÈS.

Mégariens, allez à la male heure ! aux corbeaux ! La déesse qui se souvient vous hait : car les premiers vous l'avez frottée de votre ail. Vous, Athéniens, je vous invite à ne point demeurer à l'endroit d'où vous tirez. Car vous ne faites rien d'autre que juger. Si vous voulez la dégager, reculez un peu vers la mer [1].

LE CORYPHÉE.

Allons, les amis, mettons-nous y seuls, nous autres laboureurs.

HERMÈS.

Avec vous, mes amis, l'affaire marche beaucoup mieux.

LE CORYPHÉE.

Il dit que l'affaire marche. Allons, tous, du cœur à l'ouvrage.

TRYGÉE.

En vérité, les laboureurs viennent à bout de la tâche et point d'autres.

LE CHŒUR.

Hardi donc ; hardi tous.

HERMÈS.

Il ne s'en faut plus guère.

---

1. Les relations Athènes-Mégare avaient été une des causes immédiates de la guerre. « Reculez un peu vers la mer » signifie : « Contentez-vous de votre empire maritime ».

LE CHŒUR.

Point de relâche : pesons avec plus de vigueur.

HERMÈS.

Voilà que cela y est.

LE CHŒUR.

Oh hisse donc ! Oh hisse, tous ! Oh hisse, hisse, hisse donc ! Oh hisse, hisse, hisse tous !

(La statue de la Paix apparaît, accompagnée de deux belles jeunes femmes, Théoria et Opora.)

TRYGÉE.

Ô maîtresse, dispensatrice du raisin, en quels termes m'adresserai-je à toi ? Où trouver un mot de dix mille amphores pour te saluer ? Car je n'en ai pas de mon fonds. Salut, Opora, et toi, Théoria ; que ton visage est charmant, ô Théoria ! quelle haleine tu exhales, et combien douce au cœur, une haleine des plus suaves, comme qui dirait d'exemption de milice, et de baume.

HERMÈS.

N'est-ce pas que tout autre est l'odeur du sac militaire ?

TRYGÉE.

Honni soit l'odieux panier de jonc d'un odieux mortel ! Il fleure le rot aigre d'un mangeur d'oignons. Tandis que celle-ci embaume la saison des fruits, le bon accueil, les Dionysies, les flûtes, les tragédiens, les mélodies de Sophocle, les grives, les versiculets d'Euripide...

HERMÈS.

Mal t'en prendra de la calomnier : elle ne goûte nullement ce faiseur de petites harangues judiciaires.

TRYGÉE.

... le lierre, la passoire à filtrer le marc, les agneaux bêlants, la gorge des femmes courant à l'envi aux champs, la servante ivre, le broc retourné et bien d'autres bonnes choses.

HERMÈS.

Or çà, regarde les villes réconciliées, comme elles babillent entre elles et rient joyeusement.

TRYGÉE.

Encore qu'elles aient le visage furieusement contusionné, oui, toutes tant qu'elles sont, et couvert de ventouses.

HERMÈS.

Et ceux-là donc, les spectateurs, observe leurs mines, tu devineras leurs professions.

TRYGÉE.

Ah malheur !

HERMÈS.

Ce fabricant de panaches, ne le vois-tu pas qui s'arrache les cheveux ?

TRYGÉE.

Et le faiseur de pioches vient de péter au nez du fabricant d'épées.

HERMÈS.

Et le fabricant de faux, vois-tu comme il est gai ?

TRYGÉE.

Et comme il fait la figue au fabricant de piques.

HERMÈS.

Voyons, invite maintenant les laboureurs à se retirer.

TRYGÉE.

Oyez, peuple : que les laboureurs s'en aillent au plus vite aux champs avec leurs outils, sans pique, ni glaive, ni javelot. Car déjà tout est rempli d'une bonne vieille paix. Que chacun s'en retourne à sa besogne, après avoir entonné le péan.

LE CORYPHÉE.

Ô jour désiré des honnêtes gens et des laboureurs, à présent que j'ai eu la joie de te voir, je veux saluer mes vignes et les figuiers que j'ai plantés dans ma jeunesse ; j'ai hâte de les embrasser après un si long temps.

TRYGÉE.

Ah ! plutôt, amis, invoquons d'abord la déesse qui nous délivra des panaches et des gorgones. Puis courons au plus vite à nos fermes, non sans avoir acheté une bonne petite salaison pour la campagne.

HERMÈS.

Ô Poséidon, le beau coup d'œil qu'offre leur troupe compacte comme une galette et gaillarde comme un repas de fête.

TRYGÉE.

Oui, par Zeus, car décidément, le casse-mottes reluit quand il est bien fourbi et les pelles à fourchons brillent au soleil ; un échant de vigne[1] se trouverait bien de leurs soins. Et moi-même je brûle de retourner au sillon et de fouir avec la pioche mon petit bien si longtemps délaissé. Souvenez-vous, mes amis, de la bonne vieille vie qu'elle nous départait jadis, de ces briques de figues sèches, et des figues fraîches, et des myrtes et du vin doux et de la plate-bande de violettes près du puits et des olives tant désirées. En retour de ces biens saluez cette déesse.

LE CHŒUR.

Salut, salut, combien ta venue nous comble de joie, ô bien-aimée ! Je succombais au regret de ton absence, dans ma furieuse envie de retourner aux champs. Car tu nous faisais grand profit, ô désirée. Seule tu nous venais en aide, à nous tous qui menions la vie rurale. Oui, autrefois, sous tes auspices, nous goûtions sans frais une foule de douceurs. Tu étais pour les laboureurs l'orge vert et le salut. Aussi les vignes, les jeunes figuiers et nos plantes de toutes sortes te souriront, après t'avoir reçue avec bonheur.

LE CORYPHÉE.

Mais où donc était-elle depuis ce temps si long ? Apprends-le nous, ô le plus bienveillant des dieux.

1. Les échants (espaces entre deux rangées de vignes) ont reçu bien peu de soins depuis dix ans.

HERMÈS.

Très sages laboureurs, saisissez bien mes paroles, si vous voulez savoir comment elle fut perdue. Le point de départ fut le malheur qui frappa Phidias[1]. Périclès, craignant de partager le même sort et redoutant votre humeur et votre manie de mordre, pour prévenir le danger, mit lui-même le feu à la ville. Il lança cette petite étincelle du décret contre Mégare[2] et souffla un tel vent de guerre que la fumée fit pleurer les yeux de tous les Hellènes, tant ici que là-bas. Et dès qu'une fois une vigne eut pétillé malgré elle et que, rudement heurtée, une jarre eut regimbé de colère contre une autre jarre, il n'y eut plus personne pour mettre le holà, et la Paix disparut.

TRYGÉE.

Voilà sur quoi, par Apollon, nul ne m'avait renseigné. Je n'avais pas ouï dire qu'il y eût quelque lien entre elle et Phidias.

LE CORYPHÉE.

Ni moi jusqu'à présent. C'est donc ça qu'elle est belle, si elle lui est apparentée. Ah ! bien des choses nous échappent.

HERMÈS.

Puis quand les villes soumises à votre empire vous

---

1. Le sculpteur Phidias, grand ami de Périclès, fut accusé d'avoir détourné une partie de l'or destiné à la statue chryséléphantine d'Athéna qui fut placée dans le Parthénon, puis poursuivi pour impiété pour avoir reproduit ses propres traits et ceux de Périclès sur le bouclier de la déesse ; il fut condamné à l'exil. Les causes de la guerre du Péloponnèse sont racontées avec tout autant de fantaisie dans les *Acharniens* (v. 513-556) ; il n'y est pas question de Phidias. **2.** En 432, Périclès avait fait adopter un décret fermant aux Mégariens les ports de la ligue attico-délienne (l'empire athénien) et les marchés de l'Attique.

virent exaspérés les uns contre les autres et montrant les dents, elles mirent tout en œuvre contre vous, par crainte des tributs [1] à payer et gagnèrent à prix d'argent les plus puissants des Laconiens. Ceux-ci, bassement cupides à la fois et sournois envers les étrangers, repoussèrent ignominieusement la Paix pour brusquer la guerre. Et leurs gains à eux furent la ruine des laboureurs. Car les trières envoyées d'ici par représailles se mirent à dévorer les figuiers de gens qui n'en pouvaient mais.

TRYGÉE.

Du tout, c'était justice ; d'autant qu'ils m'ont abattu mon figuier noir que j'avais planté et soigné de mes mains.

LE CORYPHÉE.

Certes, par Zeus, c'était justice, mon bon, car à moi aussi ils m'ont détruit d'un coup de pierre un vase à blé de six médimnes [2].

HERMÈS.

Et ici, quand le peuple des travailleurs eut afflué de la campagne, il ne comprit pas qu'il était l'objet d'un trafic tout pareil. Privé de marc de raisin, en appétit de figues sèches, il tournait ses regards vers les orateurs. Et ceux-ci, connaissant bien que les pauvres étaient exténués et manquaient de pain, chassaient la déesse par des clameurs à dents de fourche, bien que maintes fois elle se mît en évidence par amour pour ce pays. Ils harcelaient chez les alliés les hommes de poids et les riches en les accusant d'être partisans de Brasidas.

---

1. À ce propos, voir p. 20 ; « Laconiens » est synonyme de « Lacédémoniens ». **2.** Le médimne, mesure de capacité, équivaut à 51, 84 litres.

Et vous, vous lacériez chacun d'eux en vrais roquets : car la cité, pâle et abîmée dans la terreur, se repaissait avec délice de tout ce que lui jetait la calomnie. Mais eux, les étrangers, voyant de quels coups on les frappait, bourraient avec de l'or la bouche de ceux qui faisaient ce métier ; de sorte qu'ils les faisaient riches, tandis qu'à votre insu l'Hellade allait se dépeuplant. Et l'auteur de tout cela était un marchand de cuirs [1].

TRYGÉE.

Assez, assez, Hermès, maître, ne dis mot ; laisse cet homme où il est, en bas. Il n'est plus des nôtres, cet homme, il est à toi. Tout ce que tu diras de lui, et s'il fut de son vivant un coquin, un bavard, un sycophante, un brouillon, un perturbateur, toutes ces invectives retombent sur les tiens [2]. – Mais pourquoi gardes-tu le silence, maîtresse ? Veuille me le dire.

HERMÈS.

Elle ne parlera pas en présence des spectateurs, car elle est fort irritée de ce qu'ils lui ont fait souffrir.

TRYGÉE.

Du moins qu'elle te parle tout bas, à toi seul.

HERMÈS.

Dis-moi, ô très chère, tes sentiments à leur égard. Allons, ô celle des femmes qu'horripile le plus le bouclier... (Il approche l'oreille de la statue et feint d'écouter.) C'est bon, j'entends. C'est là ce que tu leur reproches ? Je comprends. – Écoutez, vous autres, pourquoi elle vous blâme. Elle est venue, dit-

---

1. Cléon. **2.** Hermès, en tant que psychopompe (conducteur d'âmes), est aussi une divinité infernale.

elle, spontanément, après l'affaire de Pylos, apportant à la cité une pleine caisse de trêves, et par trois fois elle fut rejetée par le vote de l'Assemblée [1].

TRYGÉE.

C'est le tort que nous eûmes, pardonne-le. Car notre esprit était alors dans les cuirs...

HERMÈS.

Voyons, écoute ce qu'elle vient de me demander : qui donc ici était le plus mal disposé pour elle ; et qui lui était ami et tâchait à conjurer les batailles ?

TRYGÉE.

Le mieux disposé, de bien loin, c'était Cléonyme [2].

HERMÈS.

Et quelle sorte d'homme te paraît-il être en matière de guerre, ce Cléonyme ?

TRYGÉE.

Le plus brave cœur du monde, hormis qu'il n'est décidément pas fils de l'homme qu'il dit son père. Car à peine entré en campagne il jetait bas les armes et du coup devenait... un abandonné [3].

HERMÈS.

Écoute encore ce qu'elle vient de me demander.

---

1. Les Lacédémoniens, soucieux de récupérer leurs prisonniers, envoyèrent à Athènes plusieurs ambassades, qui furent repoussées (Thucydide 4, 41). **2.** Voir la note au v. 446, p. 65. **3.** Jeu de mots intraduisible ; l'adjectif auquel correspond « abandonné » suggère à la fois l'abandon des armes et celui d'un enfant qu'un autre recueille et fait passer pour sien.

Qui donc à présent domine sur la tribune de la Pnyx[1] ?

TRYGÉE.

Hyperbolos[2] tient aujourd'hui ce poste. (À Paix :) Eh bien, que fais-tu ? Où tournes-tu la tête ?

HERMÈS.

Elle se détourne du peuple, révoltée qu'il se soit donné un si indigne patron.

TRYGÉE.

Nous n'en userons plus à l'avenir. Mais à présent le peuple, manquant de tuteur et se trouvant nu en tunique, a pris, en attendant, cet homme et s'en est ceint les reins.

HERMÈS.

Et comment, demande-t-elle, la cité y trouvera-t-elle son compte ?

TRYGÉE.

Nous deviendrons plus concertés.

HERMÈS.

Comment cela ?

TRYGÉE.

Parce qu'il se trouve être fabricant de lampes. Auparavant nous traitions les affaires à tâtons, dans les ténèbres. Maintenant nous délibérerons sur toute chose à la clarté d'une lampe.

---

1. Colline d'Athènes sur laquelle se réunissait l'assemblée du peuple ou *ecclésia*. **2.** Chef du parti populaire après la mort de Cléon et souvent attaqué par les poètes comiques, Hyperbolos sera banni par ostracisme en 417.

HERMÈS.

Oh ! oh ! ce qu'elle m'enjoint de te demander !

TRYGÉE.

Eh bien ?

HERMÈS.

Nombre de ces vieilles choses encore, que depuis lors elle a perdues de vue. Et d'abord elle s'est informée de ce que devient Sophocle.

TRYGÉE.

Il va bien. Mais il lui arrive une étrange aventure.

HERMÈS.

Quoi donc ?

TRYGÉE.

De Sophocle il devient Simonide[1].

HERMÈS.

Simonide ? Comment ?

TRYGÉE.

Tout vieux qu'il est et usé, pour l'appât d'un gain il naviguerait sur un paillasson[2].

---

1. Le poète Simonide passait pour aimer l'argent ; il aurait été le premier à se faire payer un poème. S'agissant de Sophocle, l'allusion reste obscure.
2. Parodie d'une expression proverbiale ; il faut comprendre : « il affronterait tous les dangers ». En 421, Sophocle a 75 ans ; il ne mourra qu'en 406.

HERMÈS.

Quoi encore ? Le docte Cratinos[1] est-il en vie ?

TRYGÉE.

Il est mort au temps où les Spartiates firent invasion.

HERMÈS.

De quel mal ?

TRYGÉE.

De quoi ? D'une syncope. Il ne put supporter de voir briser une jarre remplie de vin. Et songe combien de malheurs sont survenus dans la cité. Aussi, maîtresse, jamais plus nous ne te lâcherons.

HERMÈS.

Eh bien, à ces conditions, prends pour femme Opora que voici. Va vivre aux champs avec elle et tâche de faire souche de beaux... raisins.

TRYGÉE.

Ô ma toute chère, viens çà et laisse-moi t'embrasser. Hermès, maître, vois-tu pour moi quelque inconvénient à ce que je la biscotte, après un si long temps ?

HERMÈS.

Non, pourvu qu'après tu boives un potage de

---

1. Poète comique plus vieux qu'Aristophane et son plus redoutable rival. Connu pour son penchant pour le vin, il remporte le prix au concours comique de 423 avec la *Bouteille*, alors qu'Aristophane échoue avec les *Nuées*. Il n'est pas du tout sûr qu'il soit réellement mort en 421.

pouliot[1]. Mais prends Théoria que voilà et conduis-la au plus vite à la Boulé à qui elle était jadis[2].

TRYGÉE.

Ô Boulé bienheureuse, avec ta Théoria ! que de potage tu vas humer trois jours durant, que de tripes bouillies tu dévoreras et que de viandes ! Or çà, cher Hermès, adieu.

HERMÈS.

Et toi aussi, mortel, va en joie et souviens-toi de moi.

TRYGÉE.

Escarbot, au logis, au logis, envolons-nous.

HERMÈS.

Il n'est pas ici, mon bon.

TRYGÉE.

Où donc a-t-il disparu ?

HERMÈS.

« Devant le char de Zeus, il porte les éclairs.[3] »

TRYGÉE.

Et où le malheureux trouvera-t-il à se nourrir ?

HERMÈS.

Il mangera l'ambroisie de Ganymède.

---

1. Une infusion de pouliot passait pour préserver de la colique provoquée par l'abus de fruits (Opora est littéralement « la saison des fruits »). **2.** C'était au Conseil des Cinq-Cents (la Boulé) que revenait le droit de décréter certaines festivités et d'envoyer des théories (députations religieuses) à Delphes et à Délos. **3.** Vers du *Bellérophon* d'Euripide, où il est question de Pégase.

TRYGÉE.

Comment ferai-je pour descendre ?

HERMÈS.

Sois tranquille, ça ira. Par ici, à côté de la déesse.

TRYGÉE.

Arrivez, jeunes filles, suivez-moi sans tarder. Bien des gens vous convoitent et attendent, tous en rut.

(Trygée entre dans la skéné avec Opora et Théoria ; le chœur reste seul pour la parabase.)

LE CORYPHÉE.

Va et bonne chance. Et nous, en attendant, passons ces engins aux serviteurs et remettons-les à leur garde. Car c'est surtout autour de la scène que la foule des voleurs rôde et fait ses coups. Veillez bravement sur tout ceci. Quant à nous, contons au public nos raisons et disons-lui toute notre pensée.

Sans doute, il mérite d'être frappé par le porte-baguette, le poète comique qui se vanterait lui-même dans les anapestes qu'il adresse aux spectateurs[1]. Mais d'autre part, s'il sied, ô fille de Zeus, d'honorer celui des hommes qui s'est montré le meilleur des comiques et le plus célèbre, notre poète prétend avoir droit à de grandes louanges. Car d'abord, seul entre tous, il a contraint ses rivaux à cesser de railler éternellement les haillons et de guerroyer la vermine. Les Héraclès pétris-

1. Le porte-baguette faisait la police du théâtre. Pour apprécier l'humour du passage, il faut se souvenir que les vers anapestiques de la parabase comportent traditionnellement un éloge du poète.

seurs de pain et ces autres mourant de faim[1], le premier il les a discrédités et bannis ; il a supprimé les esclaves s'enfuyant, trompant, se faisant battre à dessein, afin qu'un de leurs pareils, après avoir raillé les coups reçus, demandât : « Malheureux, qu'est-il arrivé à ta peau ? le fouet à pointes est-il venu en force faire irruption sur tes flancs et dévaster ton dos ? » Écartant ces vilenies, cette vulgarité, ces basses bouffonneries, il nous créa un grand art et l'ayant édifié il le flanqua de tours au moyen de hautes paroles, de hautes pensées, de plaisanteries sans trivialité. Il s'est abstenu de bafouer d'obscurs particuliers et des femmes, mais avec une ardeur digne d'Héraclès il s'est attaqué aux plus grands, marchant à travers les terribles odeurs de cuirs et les fangeuses menaces. Et avant toute chose j'assaillis[2] la bête elle-même, aux dents acérées, dont les yeux de Cynna lançaient d'effroyables éclairs ; cent têtes d'exécrables flatteurs, en cercle, dardaient la langue autour de sa tête ; elle avait la voix d'un torrent enfantant la ruine, la puanteur d'un phoque, les testicules sales d'une Lamie et le cul d'un chameau[3]. La vue d'un tel monstre ne me fit pas peur ; mais luttant pour votre défense et pour celle des îles, je ne cessai de lui tenir tête. Il est juste maintenant que vous me payiez de retour et que vous vous souveniez. Aussi bien, quand il m'arriva de réussir selon mes vœux, je ne cherchai pas, courant les palestres, à corrompre les jeunes

1. L'Héraclès comique est un glouton ; il apparaît en bonne place chez Aristophane comme chez les autres poètes comiques (voir par exemple les *Oiseaux*). 2. Noter le passage au Je. Le choryphée s'identifie exactement au poète. 3. Ce portrait de Cléon figure déjà dans la parabase des *Guêpes*. Cynna était une courtisane, Lamie un monstre au buste de femme et doté d'attributs virils, symbole de lubricité et de voracité.

garçons ; mais je pliai mon bagage et me retirai sur-le-champ, après avoir causé peu de chagrin, beaucoup de gaieté, et m'être acquitté en toute chose de mon devoir.

Aussi hommes faits et jeunes gens doivent-ils être de mon côté. Et les chauves même, nous les engageons à aider notre succès. Car si j'emporte le prix chacun dira, soit pendant le repas, soit quand les vins circulent : « Donne au chauve [1] son dû », « Offre au chauve de ces friandises, garde-toi de frustrer un homme qui a le front du plus noble des poètes ».

LE CHŒUR.

« Muse, après avoir repoussé les guerres, danse avec moi, ton ami, en célébrant les hymens des dieux, les banquets des hommes et les fêtes joyeuses des bienheureux [2] » ; ce sont là tes motifs préférés. Mais si Carcinos [3] vient te demander de danser avec ses fils, ne l'écoute pas, ne lui prête point ton aide mais tiens-les tous pour cailles domestiques, danseurs qui ont autant de cou qu'un sac de soldat, nabots, raclures de crottes de chèvre, inventeurs de trucs. Aussi bien leur père prétend-il qu'un drame qu'il pensait tenir contre toute attente fut étranglé le soir par une belette [4].

« Tels sont les hymnes de fête, chers aux Charites à la belle chevelure, que doit chanter un docte poète. » Quand l'hirondelle perchée fait entendre le gazouillis printanier de sa voix, quand Morsimos

---

1. Aristophane était chauve dès l'époque de ses premières comédies. **2.** Le début de la strophe et celui de l'antistrophe sont des citations d'un chant de Stésichore. **3.** Médiocre poète tragique dont les fils dansent, à la fin des *Guêpes* d'Aristophane, des danses effrénées et sans doute ridicules. **4.** L'excuse revient à peu près à : « C'est le chat qui l'a mangé. »

n'obtient pas de chœur, ni Mélanthios, Mélanthios dont j'ouïs l'organe glapissant lorsqu'il obtint le chœur tragique avec son frère, tous deux gorgones friandes, harpies guetteuses de raies, effareurs de vieilles femmes, chenapans aux aisselles de bouc, fléaux du marché aux poissons[1]*. Expectore sur eux un vaste et long crachat, Muse divine, et célèbre la fête en dansant avec moi.*

(Trygée entre, accompagné de Théoria et d'Opora.)

TRYGÉE.

Qu'il est difficile décidément d'aller droit chez les dieux ! Moi du moins j'en ai les jambes toutes rompues. (Aux spectateurs :) Vous étiez petits à regarder de là-haut. En tout cas si du ciel vous me faisiez l'effet de fort méchantes gens, d'ici vous paraissez bien plus méchants encore.

UN SERVITEUR (sortant de la maison).

Ah ! maître, te voilà revenu.

TRYGÉE.

Je me le suis laissé dire.

LE SERVITEUR.

Que t'est-il arrivé ?

TRYGÉE.

Mes jambes se ressentent du long chemin qu'elles ont fait.

---

1. Morsimos est lui aussi un poète tragique fort médiocre. Mélanthios, son frère et collaborateur, était surtout un acteur, célèbre – au dire d'Aristophane – pour sa vilaine voix et sa gourmandise.

LE SERVITEUR.

Voyons, raconte-moi...

TRYGÉE.

Eh bien ?

LE SERVITEUR.

As-tu vu quelque autre homme flânant dans les airs à part toi ?

TRYGÉE.

Non, si ce n'est peut-être deux ou trois âmes de poètes dithyrambiques.

LE SERVITEUR.

Et que faisaient-elles ?

TRYGÉE.

Elles attrapaient au vol des préludes lyriques, de ceux qui sentent son homme nageant dans l'azur limpide.

LE SERVITEUR.

Ce n'est donc pas même vrai ce qu'on raconte, que dans l'air nous devenons des astres après notre mort ?

TRYGÉE.

Si fait.

LE SERVITEUR.

Et quel astre est-il maintenant là-haut Ion de Chios [1] ?

---

1. Poète lyrique et tragique célèbre, mort peu de temps avant la représentation de la *Paix*, auteur d'un dithyrambe qui commençait par : « Étoile du matin... ».

TRYGÉE.

Celui que dans le temps il chanta ici, l'« Étoile du matin ». À peine arrivé, ils l'appelèrent tout d'une voix l'Étoile du matin.

LE SERVITEUR.

Alors, que sont les astres qui traversent l'espace et brûlent en courant ?

TRYGÉE.

Certains des astres riches qui reviennent de dîner, avec des lanternes, et dans ces lanternes, du feu. (Montrant Opora :) Mais prends celle que voici et fais-la rentrer tout de suite. Emplis la baignoire, chauffe de l'eau et dresse pour elle et moi un lit nuptial. Après quoi tu reviendras. Moi, en attendant, je vais restituer l'autre à la Boulé.

LE SERVITEUR.

Où les as-tu prises ?

TRYGÉE.

Où ? dans le ciel.

LE SERVITEUR.

Je ne donne plus trois oboles des dieux s'ils font les proxénètes comme nous autres mortels.

TRYGÉE.

Non, mais là aussi il y en a qui vivent de ce métier.

LE SERVITEUR.

Eh bien, marchons. Dis-moi, lui donnerai-je à manger ?

TRYGÉE.

Non, car elle n'acceptera ni pain ni galette, habituée qu'elle fut toujours là-haut, chez les dieux, à sucer de l'ambroisie.

LE SERVITEUR.

Il faudra donc lui préparer, ici aussi, quelque chose à sucer. (Il rentre avec Opora.)

LE CHŒUR.

Il joue de bonheur, le vieux, autant que je puis voir, dans ce qu'il entreprend aujourd'hui.

TRYGÉE.

Que sera-ce quand vous me verrez tout pimpant comme époux ?

LE CHŒUR.

Tu feras envie, vieillard, une fois redevenu jeune et frotté de parfums.

TRYGÉE.

Je le crois. Et quand, couché avec elle, je me collerai contre ses tétons ?

LE CHŒUR.

Tu paraîtras plus heureux que les pirouettes de Carcinos.

TRYGÉE.

N'est-ce pas juste ? Moi qui, d'un escarbot m'étant fait une monture, ai sauvé les Hellènes, si bien que dans leurs fermes ils peuvent tous en sécurité faire l'amour et dormir.

LE SERVITEUR (revenant).

La fillette est baignée ; du côté des fesses, tout est en règle. La tarte est cuite, on pétrit le sésame et ainsi de tout le reste. Mais il manque le maître engin.

TRYGÉE.

Voyons, hâtons-nous de remettre Théoria que voici à la Boulé.

LE SERVITEUR.

Qui, celle-ci ? Que dis-tu ?

TRYGÉE.

C'est cette Théoria que jadis, en pointe de vin, nous menions battant vers Brauron [1]. Sûr, et j'ai eu du mal à la capturer.

LE SERVITEUR.

Ah ! maître, la fière pentétéride [2] que cette croupe !

TRYGÉE (aux spectateurs).

Or çà, qui de vous est mon homme ? Hein ? Qui va la prendre et la garder pour la Boulé ? (Au serviteur qui décrit du doigt une courbe harmonieuse :) Holà toi ! Quel contour traces-tu là ?

---

1. Tous les quatre ans étaient célébrées à Brauron, bourg de l'Attique, des fêtes en l'honneur de Dionysos ; les Athéniens y envoyaient une députation officielle ou théorie, qu'accompagnait une troupe joyeuse.
2. « Pentétéride » signifie ici « fête quinquennale » (célébrée tous les quatre ans).

LE SERVITEUR.

Fais excuse. C'est en vue des jeux de l'Isthme. Je m'assure d'un logis pour mon membre[1].

TRYGÉE (aux spectateurs).

Vous ne me dites toujours pas qui la gardera ? (À Théoria :) Viens çà, toi. Je vais te conduire moi-même et te placer au milieu d'eux. (Il descend avec Théoria dans l'orchestra.)

LE SERVITEUR.

En voilà un qui fait signe.

TRYGÉE.

Qui ça ?

LE SERVITEUR.

Qui ? Ariphradès[2]. Il supplie qu'on la conduise près de lui.

TRYGÉE.

Mais, malheureux, il va fondre sur elle et laper toute sa sauce. (Arrivé près du public, à Théoria :) Voyons, toi, dépose d'abord à terre tout ton attirail. (Théoria se déshabille.) Boulé, prytanes, regardez Théoria. Considérez que de biens je vous livre en vous l'offrant. C'est au point qu'il ne tient qu'à vous, en lui levant les jambes en l'air, de procéder aux effusions[3]. Voyez cette cuisine.

---

1. Il fallait retenir à l'avance une tente pour assister aux jeux de l'Isthme (de Corinthe). Le mot « isthme » qui signifie « passage étroit », suggère évidemment le sexe féminin. **2.** Débauché particulièrement vicieux d'après les *Cavaliers* (v. 1280-1287). **3.** Allusion à une cérémonie rituelle ; le mot est équivoque, comme celui de « cuisine » pour désigner le sexe de Théoria.

LE SERVITEUR.

Comme elle est belle ! C'est aussi pourquoi elle est enfumée. Car avant la guerre on y remisait les marmites pour la Boulé.

TRYGÉE.

Avec cela, maintenant que vous la tenez, vous pouvez dès demain instituer une belle joute, la jeter sur le flanc, la mettre à genoux, courbée en deux ; et aussi dans un pancrace, frottés d'huile, cogner gaillardement du poing à la fois et du dard. Le troisième jour vous célébrerez des jeux équestres : le cavalier piquera sa monture côte à côte avec le cavalier ; les attelages renversés les uns sur les autres, soufflant et haletant, rendront saccade pour saccade, tandis que les auriges resteront gisants tout en rut, tombés de leur char aux tournants. (Il s'avance vers les membres de la Boulé assis aux premiers rangs.) Allons, prytanes, recevez Théoria. Voyez l'accueil empressé que lui fait ce prytane. Quelle différence s'il t'avait fallu introduire une affaire gratis [1]. Je t'aurais vu te retrancher sur les vacances.

LE CHŒUR.

Certes, c'est un citoyen précieux pour tous qu'un homme tel que toi.

TRYGÉE.

Quand vous ferez la vendange vous saurez mieux mon prix.

---

1. Pour présenter une requête devant la Boulé, il fallait l'autorisation des prytanes ; des pots-de-vin pouvaient accélérer la procédure.

LE CHŒUR.

On le sait dès maintenant. Tu t'es montré pour tous les hommes un sauveur.

TRYGÉE.

Tu diras cela quand tu boiras une coupe de vin nouveau.

LE CHŒUR.

Et les dieux à part, nous te décernerons toujours la primauté.

TRYGÉE.

Oui, j'ai bien mérité de vous, moi Trygée l'Athmonéen, en affranchissant de cruelles misères le menu peuple et le peuple des campagnes et en annulant Hyperbolos.

LE SERVITEUR.

Voyons, maintenant que nous reste-t-il à faire ?

TRYGÉE.

Eh ! que faire que de procéder à la consécration avec des marmites.

LE SERVITEUR.

Des marmites ? Comme pour un méchant petit Hermès ?

TRYGÉE.

Que vous semble alors ? Préférez-vous un bœuf de bonne taille ?

LE SERVITEUR.

Un bœuf ? Pas du tout. Ne nous mettons pas dans le cas de beugler[1].

TRYGÉE.

Ou un cochon gros et gras ?

LE SERVITEUR.

Non, non.

TRYGÉE.

Pourquoi ?

LE SERVITEUR.

Crainte d'une cochonnerie dans le goût de Théogènes[2].

TRYGÉE.

Alors à quelle autre victime t'arrêtes-tu ?

LE SERVITEUR.

À une ouaille.

TRYGÉE.

Une ouaille ?

LE SERVITEUR.

Oui, par Zeus.

TRYGÉE.

Mais il est ionien ce mot-là.

---

1. Jeu sur le verbe « partir en guerre » qui commence, en grec, comme le mot « bœuf ». **2.** Le porc est pour les Grecs le symbole de la sottise ; « cochonnerie » signifie « balourdise » ; Théogènes, ami de Cléon, était apparemment niais et grossier.

LE SERVITEUR.

Sans doute, et à dessein, afin qu'à l'Assemblée si l'on parlait de partir en guerre, les assistants, dans leur effroi, s'écrient à l'ionienne : ouh ! aïe !...

TRYGÉE.

Tu as, ma foi, raison.

LE SERVITEUR.

... et qu'à tous égards ils soient accommodants. Ainsi serons-nous des agneaux les uns pour les autres, et bien plus coulants avec nos alliés.

TRYGÉE.

Allons, amène au plus vite le mouton. Je fournirai, moi, un autel pour faire le sacrifice. (Ils partent.)

LE CHŒUR.

Ah ! quand un dieu le veut et que la Fortune dirige, comme toutes choses marchent à souhait et viennent à point nommé s'adapter l'une à l'autre.

TRYGÉE (revenant).

Il y paraît, car voici justement l'autel devant la porte. (Il repart.)

LE CHŒUR.

Alors hâtez-vous, tandis que, suscité par les dieux, un souffle impétueux prend le dessus et écarte la guerre. Car visiblement la Fortune se tourne en prospérité.

TRYGÉE (revenant).

Voici la corbeille avec des orges sacrées, une guirlande et un coutelas. Et voilà du feu. Rien ne nous retient, excepté le mouton.

LE CHŒUR.

Faites donc diligence. Car si Chœris[1] *vous apercevait il approcherait pour flûter sans être invité ; et je suis sûr qu'à le voir souffler et peiner, vous ne manqueriez pas de lui donner quelque chose.*

(Le serviteur revient avec un mouton et un vase d'eau.)

TRYGÉE.

Or çà, prends la corbeille et l'eau lustrale, et fais prestement par la droite le tour de l'autel[2].

LE SERVITEUR.

Voilà. J'attends tes ordres : j'ai fait le tour.

TRYGÉE.

Allons, prenons ce tison et trempons-le dans l'eau. (Il se purifie les mains puis s'adresse à la victime en lui jetant de l'eau :) Secoue-toi prestement, toi. (Au serviteur :) Et toi, tends-moi les orges. (Il en répand sur la tête de la victime.) Purifie-toi les mains dans l'eau lustrale, après m'avoir passé le bassin, et jette des grains aux spectateurs.

LE SERVITEUR.

Voilà.

TRYGÉE.

Est-ce fait ?

---

1. Selon Aristophane, joueur de flûte médiocre et parasite. **2.** Sur les rites du sacrifice, voir par exemple M. Jost, *Aspects de la vie religieuse en Grèce*, SEDES, *Regards sur l'histoire* n° 86, 1992, p. 81 et suivantes.

LE SERVITEUR.

Oui, par Hermès ; si bien que, pour nombreux qu'ils soient, il n'est pas de spectateur qui n'ait son grain.

TRYGÉE.

Oui, mais les femmes n'en ont point reçu.

LE SERVITEUR.

Leurs maris leur donneront ce soir [1].

TRYGÉE.

Eh bien, prions. Qui est ici ? Où se trouve-t-il « maintes honnêtes gens » [2] ?

LE SERVITEUR (montrant le public).

Attends, que je donne à ceux que voici. Ils sont « maintes honnêtes gens ». (Il lance sur eux l'eau lustrale.)

TRYGÉE.

Honnêtes gens, penses-tu ?

LE SERVITEUR.

Comment ? eux qui nous voyant répandre toute cette eau, venus à cette place, y demeurent ?

TRYGÉE.

Prions donc sans tarder.

LE SERVITEUR.

Oui, prions.

---

1. Le mot grec qui signifie « grain d'orge » est un des multiples noms donnés au sexe masculin. **2.** Formule liturgique.

TRYGÉE.

Reine très auguste, déesse, Paix vénérée, souveraine des chœurs, souveraine des noces, agrée notre sacrifice.

LE SERVITEUR.

Agrée-le, ô très honorée, oui par Zeus, et ne fais pas comme les femmes qui ont une habitude galante. Elles entr'ouvrent la porte du logis et se penchent ; et si quelqu'un fait attention à elles, elles se retirent ; puis il s'éloigne, elles se penchent de nouveau. Ne fais rien de pareil avec nous.

TRYGÉE.

Non, par Zeus, mais en femme généreuse, découvre-toi tout entière à nous, tes adorateurs, qui depuis treize ans déjà nous consumons pour toi. Mets fin aux batailles et aux chamaillis, que nous puissions t'appeler Lysimaque[1]. Réprime en nous ces soupçons par trop ingénieux que nous allons dégoisant l'un contre l'autre. Fusionne-nous de nouveau, nous, les Hellènes, au moyen d'une décoction d'amitié et délaye dans nos esprits un peu plus de mansuétude et d'indulgence. Fais que notre marché regorge de bonnes choses : denrées de Mégare, aulx, concombres précoces, coings, grenades, petits manteaux pour esclaves[2] ; de chez les Béotiens, qu'on y voie affluer des gens chargés d'oies, de canards, de

1. Littéralement : « qui met fin aux batailles ». **2.** La laine était la principale industrie de Mégare.

ramiers, de pluviers, que les anguilles de Copaïs[1] y viennent par paniers et que, massés autour d'elles pour faire nos provisions, nous nous coudoyions avec Morychos, Téléas, Glaucétès et bien d'autres gourmands ; qu'enfin Mélanthios[2], arrivé trop tard au marché et les trouvant vendues, se désole et chante une monodie de sa *Médée* : « Perdu, je suis perdu ! on m'a pris mon trésor couché parmi des bettes » ; et les gens de s'ébaudir. Ces choses, ô très honorée, accorde-les à nos prières. (Au serviteur :) Prends le coutelas et égorge le mouton en cuisinier expert.

LE SERVITEUR.

C'est interdit.

TRYGÉE.

Pourquoi cela ?

LE SERVITEUR.

La Paix, que je sache, n'aime pas les tueries, et l'on n'ensanglante pas son autel.

TRYGÉE.

Eh bien, rentre la victime pour l'immoler, sépare les cuisses et apporte-les. De cette façon, le mouton demeure au chorège[3]. (Le serviteur rentre avec le mouton.)

---

1. Voir l'énumération des produits apportés par le Béotien dans les *Acharniens* (v. 873 et suivants) ; l'anguille du lac Copaïs, mets particulièrement apprécié, y figure en bonne place. 2. Voir la note 1, p. 86. Parodie des plaintes de Jason devant le corps de sa fiancée Créuse. 3. Puisque le sacrifice n'a pas lieu sous les yeux du public et que la bête ne sera pas tuée, le chorège, qui assume les frais de la représentation, conserve le mouton ; c'est autant d'économisé.

LE CHŒUR.

Alors toi, qui restes dehors, il faut que tu ranges tout de suite les copeaux et tous les accessoires obligés.

TRYGÉE.

Ne trouves-tu pas que je dispose les fagots en vrai devin ?

LE CHŒUR.

Quoi d'étonnant ? T'échappe-t-il rien de ce que doit savoir un homme avisé ? Qu'y a-t-il que tu ne possèdes de tout ce qui signale un esprit sagace et une audace inventive ?

TRYGÉE.

En tout cas, la fumée des copeaux fait suffoquer Stilbidès [1]. Je vais apporter aussi la table et me passer de serviteur. (Il rentre.)

LE CHŒUR.

Qui donc marchanderait la louange d'un homme qui, comme toi, après bien des épreuves, sauva la cité sainte ? Oui, jamais tu ne cesseras d'être envié par tous.

(Trygée revient avec une table, et le serviteur avec les cuisses de la victime.)

LE SERVITEUR.

Tes ordres sont accomplis. Prends ces cuisses et mets-les sur le feu. Moi je vais chercher viscères et gâteaux.

---

1. Devin célèbre. Trygée veut dire sans doute que son habileté est de nature à rendre jaloux Stilbidès.

TRYGÉE.

Je vais m'en occuper. Mais toi, tu devrais déjà être de retour.

LE SERVITEUR (revenant).

Là, me voici. Trouves-tu que j'aie tardé ?

TRYGÉE.

Rôtis-moi bien ceci. Car voilà un quidam qui s'avance, couronné de laurier.

LE SERVITEUR.

Qui peut-il bien être ?

TRYGÉE.

Ah ! qu'il a l'air d'un imposteur !

LE SERVITEUR.

C'est quelque devin ?

TRYGÉE.

Non, par Zeus, mais c'est bien Hiéroclès après tout, le diseur d'oracles d'Oréos[1].

LE SERVITEUR.

Que va-t-il nous dire ?

TRYGÉE.

Il est clair qu'il va mettre quelque obstacle à la conciliation.

---

1. Hiéroclès n'est pas devin, capable d'interpréter divers signes, mais chresmologue : il débite des oracles qu'il sait par cœur et qu'il adapte aux circonstances. Oréos est une ville d'Eubée.

LE SERVITEUR.

Non pas ; il est attiré par le fumet.

TRYGÉE.

Ayons l'air de ne pas le voir.

LE SERVITEUR.

Tu dis bien.

HIÉROCLÈS.

Qu'est-ce donc que ce sacrifice et à qui des dieux ?

TRYGÉE (au serviteur).

Toi, rôtis, et bouche close ; ne touche pas au rein[1].

HIÉROCLÈS.

Ne me direz-vous pas à qui vous sacrifiez ?

TRYGÉE.

La queue se comporte bien ?

LE SERVITEUR.

Bien, oui-dà, ô Paix, chère maîtresse.

HIÉROCLÈS.

Allons, commence les rites et passe-moi les prémices.

TRYGÉE.

Mieux vaut rôtir d'abord.

---

1. Parce qu'on y lit les présages.

HIÉROCLÈS.

Mais ces parties-là sont déjà rôties.

TRYGÉE (à Hiéroclès).

De quoi te mêles-tu, qui que tu sois ? (Au serviteur :) Découpe.

HIÉROCLÈS.

Où y a-t-il une table ?

TRYGÉE (au serviteur).

Apporte les libations.

HIÉROCLÈS.

La langue se coupe à part[1].

TRYGÉE.

Nous ne l'oublions pas. Mais sais-tu ce qu'il faut faire ?

HIÉROCLÈS.

Quand tu me l'auras dit.

TRYGÉE.

Ne cause pas avec nous. Car c'est à la Paix que nous sacrifions.

HIÉROCLÈS (sur un ton d'oracle).

Ô mortels misérables, mortels légers...

TRYGÉE.

Que cela te retombe sur la tête.

---

1. Partie de la victime réservée aux hérauts et consacrée à leur dieu, Hermès.

HIÉROCLÈS.

... qui dans votre démence, méconnaissant la volonté des dieux, avez fait un traité, humains, avec des singes aux yeux luisants.

TRYGÉE (éclatant de rire).

Ah ! Ah ! Ah !

HIÉROCLÈS.

Pourquoi ris-tu ?

TRYGÉE.

J'aime les singes aux yeux luisants.

HIÉROCLÈS.

Timides étourneaux qui avez pris fiance en de petits renards dont les âmes sont fourbes, et fourbes les esprits.

TRYGÉE.

Puissent tes poumons, ô charlatan, être aussi brûlants que ceci !

HIÉROCLÈS.

Si les Nymphes divines n'ont abusé Bacis [1], ni Bacis les mortels, ni derechef les Nymphes Bacis lui-même...

TRYGÉE.

Puisses-tu tomber raide mort si tu ne cesses de Baciser.

1. Le Béotien Bacis était l'auteur de nombreuses prophéties.

HIÉROCLÈS.

... point encore il n'était marqué par le destin de rompre les liens de la Paix, mais d'abord...

TRYGÉE (au serviteur).

Il faut saupoudrer ces viandes.

HIÉROCLÈS.

... car aux dieux bienheureux point encore il n'agrée que cessent les combats avant qu'un loup n'épouse une brebis.

TRYGÉE.

Et comment, maudit, un loup peut-il jamais épouser une brebis ?

HIÉROCLÈS.

Tant qu'en prenant la fuite la punaise dégage une odeur très fétide et que le chardonneret criard, dans son effort hâtif, fait d'aveugles petits, tant ne faudrait encore que la paix fût conclue.

TRYGÉE.

Et qu'avons-nous à faire ? Ne point cesser de nous battre ou tirer au sort à qui de nous pleurera le plus, alors qu'en traitant nous pouvons en commun commander à l'Hellade ?

HIÉROCLÈS.

Onc tu ne feras que le crabe marche droit.

TRYGÉE.

Onc désormais tu ne dîneras au Prytanée [1], ni ne composeras d'oracles après l'événement.

---

1. Ceux qui étaient reçus au Prytanée y étaient logés et nourris aux frais de l'État.

HIÉROCLÈS.

Onc ne rendras lisse le hérisson rugueux.

TRYGÉE.

Cesseras-tu jamais d'en imposer aux Athéniens ?

HIÉROCLÈS.

En vertu de quel oracle brûleras-tu des cuisses en l'honneur des dieux ?

TRYGÉE.

En vertu de l'admirable oracle composé par Homère : « Ainsi, ayant repoussé l'odieuse nuée de guerre, ils adoptèrent la Paix et la consacrèrent par un sacrifice. Mais quand les cuisses furent consumées et qu'ils eurent mangé les viscères, ils versèrent de leurs coupes des libations ; et moi, je montrais la voie » ; mais au diseur d'oracles, nul n'offrait de coupe brillante.

HIÉROCLÈS.

Je n'ai rien à voir là-dedans. Ce n'est pas ce qu'a dit la Sibylle.

TRYGÉE.

Mais le sage Homère, par Zeus, a dit excellemment : « Sans parenté, sans loi, sans foyer est celui qui se plaît aux horreurs de la guerre intestine[1]. »

HIÉROCLÈS.

Prends garde qu'abusant tes esprits par la ruse, un milan ne saisisse...

---

1. Cette fois, c'est en effet une citation d'Homère (*Iliade* 9, 63).

TRYGÉE (au serviteur).

À toi de faire attention, car il est alarmant pour nos viandes, cet oracle. Verse-moi une libation et apporte-moi une poignée de viscères.

HIÉROCLÈS.

Si c'est ainsi qu'on l'entend, moi aussi je saurai me pourvoir moi-même.

TRYGÉE.

Libation ! Libation !

HIÉROCLÈS (au serviteur).

Verse-moi aussi et passe-moi une partie des viscères.

TRYGÉE.

Mais point encore cela n'agrée aux dieux bienheureux. Mais d'abord que nous fassions une libation et que tu t'en ailles. (Versant :) Ô Paix, maîtresse, demeure pour la vie parmi nous.

HIÉROCLÈS.

Apporte la langue.

TRYGÉE.

Et toi, emporte la tienne.

LE SERVITEUR.

Libation !

TRYGÉE (au serviteur, en lui donnant des viandes).

Et ceci, en sus de la libation, prends vite.

HIÉROCLÈS.

Personne ne m'accordera une part des viscères ?

TRYGÉE.

Impossible à nous de t'en accorder avant qu'un loup épouse une brebis.

HIÉROCLÈS.

Ah ! par tes genoux.

TRYGÉE.

Vainement tu supplies, mon bon. Point ne rendras lisse un hérisson rugueux. Voyons, spectateurs, venez partager notre festin.

HIÉROCLÈS.

Et moi ?

TRYGÉE.

Mange la Sibylle.

HIÉROCLÈS.

Non, par la Terre, vous ne mangerez pas seuls ces viscères. Je vais vous les enlever, elles sont là pour tous. (Il s'avance vers la table.)

TRYGÉE (au serviteur).

Frappe, frappe le Bacis.

HIÉROCLÈS.

Je proteste.

TRYGÉE.

Moi aussi, que tu es un goinfre et un imposteur. (Au serviteur :) Frappe à coups de bâton, mène battant l'imposteur.

LE SERVITEUR.

Charge-t'en. Je vais le démailloter des peaux de mouton qu'il a prises par fraude.

TRYGÉE.

Veux-tu jeter bas les peaux, sacrificateur ? M'entends-tu ? (Hiéroclès s'enfuit.) Ah ! le corbeau qui nous est venu d'Oréos ! Veux-tu t'envoler bien vite à Élymnion [1].

(Trygée et le serviteur rentrent ; le chœur reste seul pour la seconde parabase.)

LE CHŒUR.

Je jubile, je jubile d'être délivré du casque, et du fromage et des oignons. Ce que j'aime, ce n'est pas de batailler, mais, au coin du feu, de lamper à l'envi avec des camarades ; c'est, après avoir allumé le plus sec du bois coupé en été, de griller des pois chiches, de faire rôtir les glands doux sans me faire faute de baiser la Thratta [2] pendant que ma femme se lave.

LE CORYPHÉE.

Car rien n'est plus agréable, une fois les semailles faites, que de voir le dieu bruiner et d'entendre un voisin nous dire : « Dis-moi, que faisons-nous à cette heure, Comarchidès ? Il me plairait assez de boire mon soûl, pendant que le dieu fait bien les choses. Allons, femme, fais griller trois chénices [3] de haricots, mêles-y du froment et sors-nous des figues. Que Syra crie à Manès de revenir du champ. Aussi bien, il n'y a pas moyen d'épam-

---

1. Élymnion : île proche de l'Eubée ou nom d'un lieu situé en Eubée. **2.** Les esclaves étaient souvent nommés d'après leur pays d'origine, ici la Thrace. **3.** Mesure de capacité qui équivaut à 1,8 litre.

prer la vigne, ni de terrasser, car le sol est détrempé. – Et que de chez moi on apporte la grive et les deux pinsons. Il y avait aussi au logis du petit lait et quatre morceaux de lièvre ; à moins que la belette n'en ait volé hier soir ; car il se passait là-dedans je ne sais quel bruit et quel remuement. Apportes-en trois pour nous, garçon, et donnes-en un au père. Demande à Eschinadès des myrtes avec leurs baies ; et chemin faisant qu'on crie à Charinadès de venir boire une rasade avec nous, puisque le dieu fait bonne besogne et profite à nos labours. »

LE CHŒUR.

Mais quand la cigale fait entendre sa douce note, j'ai plaisir à examiner si mes vignes de Lemnos mûrissent, car c'est un plant précoce, et à regarder la figue verte en train de grossir ; et quand elle est mûre, je la mange sans démordre et je m'écrie : « Saisons aimées ». Et je me fais une tisane en broyant du thym ; puis je deviens gros à cette époque de l'été.

LE CORYPHÉE.

Bien plus qu'à regarder vers un taxiarque haï des dieux avec ses trois panaches et sa casaque d'un rouge éclatant qu'il dit être une teinture de Sardes ; mais s'agit-il par aventure de livrer bataille avec sa casaque, alors il se teint lui-même en une teinture de Cyzique[1]. Puis il fuit tout le premier tel un hippalectryon[2] brun en secouant ses panaches, tandis que moi je reste là posté en gardien des filets[3].

---

1. C'est-à-dire en jaune, parce que la peur lui donne la colique (voir le v. 241, p. 51). **2.** Cheval pourvu d'ailes rouges, avec les pattes et la queue d'un coq (motif attesté sur la céramique du VIe siècle). **3.** Comme un gardien de filets oublié par les chasseurs.

Mais rentrés au logis, ils font des choses intolérables, enrôlant les uns, biffant les autres à tort et à travers jusqu'à deux et trois fois. Demain, jour de départ. Tel n'a pas acheté de vivres : il ignorait qu'il dût partir. Mais se trouvant près de la statue de Pandion[1], il voit son nom sur la liste et tout perplexe de cette disgrâce, il court, la mine longue. Voilà comme ils nous traitent, nous paysans. Envers ceux de la ville, ils gardent plus de mesure, ces lâcheurs de boucliers, capons devant les dieux et les hommes. Ils m'en rendront bon compte un jour, s'il plaît au ciel. Car ils m'ont fait bien du tort, lions qu'ils sont au logis et renards au combat.

TRYGÉE.

Iou ! Iou ! Quel amas de gens est arrivé pour le dîner de noces ! (Au serviteur :) Tiens, nettoie la table avec ça[2] : aussi bien nous n'en avons plus que faire. Puis mets dessus les tartes au lait, les grives et nombre de plats de lièvres et les gâteaux.

(Entrent deux hommes, l'un porte des faux, l'autre des jarres.)

LE FABRICANT DE FAUX.

Où donc, où est Trygée ?

TRYGÉE.

Je fais cuire des grives.

LE FABRICANT DE FAUX.

Ô très cher, ô Trygée, que de biens tu nous as

---

1. Un des dix héros éponymes de l'Attique dont les statues se dressent sur l'agora ; c'est là que les taxiarques affichent la liste des citoyens mobilisés. **2.** Probablement une pièce de vêtement militaire.

procurés en faisant la paix ! Hier personne n'eût acheté une faux, fût-ce pour un demi-liard ; aujourd'hui je les vends cinq drachmes. Et celui-ci vend ses jarres trois drachmes pour la campagne. Ô Trygée, prends de ces faux et de ces jarres ce qu'il te plaît, gratis. Accepte aussi ces présents. Car c'est sur nos ventes et bénéfices que nous t'apportons ces cadeaux pour ta noce.

TRYGÉE.

Allons, déposez cela chez moi, et entrez dîner au plus vite. Car voici un marchand d'armures qui s'avance, l'air navré.

(Entrent un marchand d'armures, un fabricant d'aigrettes, un fabricant de casques, un fabricant de lances et quelques autres. Le marchand d'armures parle pour chacun tour à tour.)

LE MARCHAND D'ARMURES.

Ah ! Trygée, tu m'as ruiné de fond en comble.

TRYGÉE.

Qu'est-ce, malheureux ? Tu ne souffres pas du plumet, je suppose ?

LE MARCHAND D'ARMURES.

Tu as ruiné ma profession et ma vie, et à celui-ci, et à ce fabricant de lances.

TRYGÉE.

À combien me reviendront ces deux crinières ?

LE MARCHAND D'ARMURES.

Toi-même, qu'en donnes-tu ?

TRYGÉE.

Ce que j'en donne ? J'en ai honte. Pourtant, comme l'agrafe est fort travaillée, j'en donnerai trois chénices de figues sèches.

LE MARCHAND D'ARMURES.

Eh bien, rentre et apporte-moi les figues. (Au fabricant d'aigrettes :) Cela vaut mieux, l'ami, que de n'en rien recevoir.

TRYGÉE.

Emporte, emporte, aux corbeaux ! loin de chez moi ! Elles perdent leur crin, elles ne valent rien, tes crinières. Je ne les achèterai pas une seule figue.

LE MARCHAND D'ARMURES.

Que vais-je faire de cette cuirasse de dix mines [1], si bien ajustée ?

TRYGÉE.

Elle ne te mettra pas en perte. Passe-la moi au prix de revient ; car elle est tout à fait propre à faire une chaise percée.

LE MARCHAND D'ARMURES.

Cesse de m'offenser, avec mes marchandises.

TRYGÉE (faisant le geste de s'asseoir sur la cuirasse).

Comme cela, avec trois pierres mises à portée. N'est-ce pas malin ?

LE MARCHAND D'ARMURES.

Comment te torcheras-tu, maître stupide ?

---

1. Une mine = 100 drachmes.

TRYGÉE.

Par ici, en passant la main par l'embrasure, et par ici.

LE MARCHAND D'ARMURES.

Des deux mains à la fois, alors ?

TRYGÉE.

Oui, par Zeus, pour qu'on ne m'attrape pas à escroquer un sabord de nage[1].

LE MARCHAND D'ARMURES.

Et tu te soulageras ainsi sur un siège de dix mines ?

TRYGÉE.

Oui, par Zeus, coquin que tu es. Crois-tu donc que je vendrais mon derrière pour un millier de drachmes ?

LE MARCHAND D'ARMURES.

Allons, compte-moi l'argent.

TRYGÉE.

Mais, mon brave, elle me comprime le croupion. Emporte, je ne l'achèterai point.

LE MARCHAND D'ARMURES.

Que vais-je faire de cette trompette qui m'a coûté dans le temps soixante drachmes ?

---

1. Les commandants des vaisseaux de guerre bouchaient parfois quelques sabords et gardaient pour eux la solde des rameurs dont ils faisaient ainsi l'économie ; la solde en question était à la charge du Trésor.

TRYGÉE.

Verse du plomb, là, dans le creux, puis plante en haut une baguette un peu longue, tu auras un cottabe[1] pliant.

LE MARCHAND D'ARMURES.

Ah ! malheur, tu te moques.

TRYGÉE.

Eh bien ! je te donnerai un autre conseil. Verse le plomb, comme je le disais, et ajuste ici une balance suspendue par des ficelles ; cela te fera tout juste de quoi peser les figues pour tes serviteurs à la campagne.

LE MARCHAND D'ARMURES.

Ô sort implacable ! tu me ruines, moi qui ai payé ces deux casques une mine. Maintenant, que faire ? Qui me les achètera ?

TRYGÉE.

Va les vendre en Égypte. Ils sont bons à mesurer de la syrméa[2].

LE MARCHAND D'ARMURES.

Hélas ! fabricant de casques, nous voilà bien lotis.

TRYGÉE.

Lui n'a pas à se plaindre.

LE MARCHAND D'ARMURES.

Y a-t-il encore moyen de tirer parti de ces casques ?

---

1. Il s'agit du plateau sur lequel on jetait le vin au jeu du cottabe.
2. Plante que les Égyptiens utilisaient pour ses vertus purgatives.

TRYGÉE.

Qu'il apprenne à fabriquer des anses de cette sorte (Il montre les oreilles du marchand de casques.) ; il les vendra bien plus cher qu'à présent.

LE MARCHAND D'ARMURES.

Allons-nous en, fabricant de lances.

TRYGÉE.

Du tout, car je veux lui acheter ses piques.

LE MARCHAND D'ARMURES.

Combien en donnes-tu ?

TRYGÉE.

Sciées en deux, je les prendrai, comme échalas, à une drachme le cent.

LE MARCHAND D'ARMURES.

On nous insulte. Quittons-leur la partie, l'ami. (Il s'en va, avec tous ceux qui l'accompagnent.)

TRYGÉE.

C'est bien, par Zeus, car voici les enfants des invités qui sortent pour pisser. Ils viennent, je crois, préluder à ceux des morceaux classiques qu'ils vont chanter. (À l'un d'eux :) Voyons ce que tu comptes chanter, mon petit ; tiens-toi auprès de moi et répète-le d'abord ici.

L'ENFANT.

Encore cette fois débutons par les braves [1].

---

1. Dans toute cette scène se succèdent citations et parodies de divers poètes.

TRYGÉE.

Cesse de chanter les braves, triple fâcheux, et cela quand nous sommes en paix. Tu es un malappris, un être de malheur.

L'ENFANT.

Mais eux, quand ils furent à portée, marchant l'un contre l'autre, ils entrechoquèrent leurs boucliers de cuir et leurs écus bombés.

TRYGÉE.

Leurs boucliers ? Vas-tu cesser de nous remémorer les boucliers ?

L'ENFANT.

Alors les gémissements se mêlèrent aux cris de triomphe des guerriers.

TRYGÉE.

Les gémissements des guerriers ? Il t'en cuira, par Dionysos, de chanter des gémissements, surtout bombés.

L'ENFANT.

Alors que me faut-il chanter ? Dis-moi ce qui te plaît.

TRYGÉE.

« Alors ils se régalèrent de la chair des bœufs », ou des choses dans ce goût-ci : « Ils servirent un déjeuner et tout ce qu'il y a de délicieux à manger. »

L'ENFANT.

Ainsi ils se régalèrent de la chair des bœufs et

dégagèrent les cous en sueur des chevaux ; car ils étaient soûls de la guerre.

TRYGÉE.

Bon ; ils étaient soûls de la guerre et se mirent à manger. Voilà, voilà, chante ce qu'ils mangèrent, une fois rassasiés.

L'ENFANT.

Puis quand ils eurent cessé, ils se cuirassèrent...

TRYGÉE.

Avec plaisir, à ce que je crois [1].

L'ENFANT.

... et se répandirent hors des tours ; et un cri inextinguible s'éleva...

TRYGÉE.

Puisses-tu périr de male mort, gamin, toi et tes batailles. Tu ne chantes que la guerre. Au fait, de qui es-tu le fils ?

L'ENFANT.

Moi ?

TRYGÉE.

Eh oui, toi, par Zeus.

L'ENFANT.

Fils de Lamachos.

---

1. Le verbe « se cuirasser » peut signifier aussi « s'enivrer ». C'est ainsi que le comprend Trygée.

TRYGÉE.

Pouah ! Par ma foi, je m'étonnais, à t'entendre, que tu ne fusses pas le fils de quelque Boulomachos ou Clausimachos[1]. Décampe. Va-t'en chanter pour les porte-lance. Où est le fils de Cléonyme ? (Un des enfants s'avance.) Chante-moi quelque chose avant de rentrer. Toi, je suis sûr que tu ne chanteras pas les querelles. Car tu es fils d'un père sensé.

L'ENFANT DE CLÉONYME.

Quelqu'un des Saïens[2] *s'enorgueillit du bouclier que près d'un buisson j'abandonnai, irréprochable armure, bien malgré moi.*

TRYGÉE.

Dis-moi, petit couillon, c'est à l'occasion de ton père que tu chantes cela ?

L'ENFANT.

... mais je sauvais ma vie...

TRYGÉE.

... et déshonoras tes parents. Mais entrons. Car, j'en suis sûr, ce que tu viens de chanter sur le bouclier, tu ne l'oublieras pas, toi le fils d'un tel père. (Au chœur :) Maintenant c'est affaire à vous, qui demeurez ici, de gruger, de croquer tout cela et de manger de toutes vos dents. Or çà, mettez-vous y résolument. Triturez des deux mâchoires. Car on n'a que faire, mes pauvres, des dents blanches, si elles ne servent à mastiquer.

---

1. Boulomachos : « qui veut les combats » ; Clausimachos : « qui gémit des combats ». **2.** Peuple de Thrace ; le fils de Cléonyme chante des vers d'Archiloque.

LE CORYPHÉE.

Nous n'y faillirons point. Mais tu fais bien de nous avertir. Voyons, vous qui aviez faim, gorgez-vous de la chair des lièvres. Il n'est pas de règle tous les jours de trouver des tartes à portée de main. Aussi, lestez-vous bien, sinon, je vous le dis, vous aurez bientôt du regret.

TRYGÉE (sur le seuil).

Que chacun se recueille, qu'on fasse sortir l'épousée, qu'on porte des torches, que le peuple entier s'associe à notre joie et à nos cris de bienvenue. C'est le moment de rapporter aux champs tous nos outils, après nous être livrés aux danses et aux libations, avoir chassé Hyperbolos et supplié les dieux de donner aux Hellènes la richesse, à nous tous pareillement l'orge à foison, à foison le vin et les figues à croquer, de rendre nos femmes fécondes, de nous faire recouvrer tous les biens que nous avions perdus, et d'abolir le fer étincelant. (Il s'avance devant la maison avec Opora ; des serviteurs les suivent avec des torches.)

Viens çà, femme, aux champs, et vois, belle que tu es, à coucher bellement auprès de moi. Hymen, ô Hyménée. (Un cortège se forme et commence à défiler dans l'orchestra.)

LE CORYPHÉE.

Ô trois fois heureux ! Qu'à bon droit te voilà comblé ! Hymen ô Hyménée ! Hymen ô Hyménée.

TRYGÉE.

Que lui ferons-nous à elle ?

LE CHŒUR.

Que lui ferons-nous à elle ?

TRYGÉE.

Nous la vendangerons[1].

LE CHŒUR.

Nous la vendangerons.

LE CORYPHÉE.

Or çà, nous qui sommes au premier rang, emportons sur nos épaules le marié.
Hymen ô Hyménée ! Hymen ô Hyménée !

TRYGÉE.

Aussi vivrez-vous en joie, libres de querelles et cueillant vos figues.
Hymen ô Hyménée ! Hymen ô Hyménée !

LE CORYPHÉE.

Lui l'a grande et grosse ; elle l'a douce, la figue.

TRYGÉE.

Ainsi direz-vous quand vous ferez ripailles et boirez tout votre soûl.
Hymen ô Hyménée ! Hymen ô Hyménée !
(Aux spectateurs :) *Salut, salut, mes amis. Et si vous me suivez, vous mangerez des tartes.*

---

1. « Trygée » veut dire « vendangeur ».

Table

Aristophane
dans Le Livre de Poche

Lysistrata n° 3126

Pour mettre fin à la guerre, les femmes ont imaginé de se refuser à leurs maris aussi longtemps qu'ils refuseront de signer la paix, et se sont emparées du trésor de l'État, indispensable à la poursuite des opérations militaires. Cela se passe à Athènes, à la fin du ve siècle, dans une Grèce déchirée depuis vingt ans par une guerre fratricide. La comédie d'Aristophane n'a rien perdu de sa force comique, rien non plus de la pertinence et de la profondeur du propos : puisque les femmes fournissent à la cité ses guerriers, il est juste qu'elles disent aussi leur mot sur la guerre et sur la gestion de l'État, et que s'établisse, ne serait-ce que le temps d'une comédie, quelque équilibre entre elles, qui représentent la famille, et les hommes, qui incarnent la cité et sont seuls citoyens de plein droit. Lysistrata, première héroïne féminine de la comédie antique, œuvre donc pour la paix, entourée de femmes venues de toutes les cités du monde grec et qui font preuve d'une solidarité exemplaire.

Introduction, notes et commentaires d'Anne Lebeau

Imprimé en France sur Presse Offset par

BRODARD & TAUPIN

GROUPE CPI

La Flèche (Sarthe).
N° d'imprimeur : 14017 – Dépôt légal Édit. 25288-08/2002
LIBRAIRIE GÉNÉRALE FRANÇAISE - 43, quai de Grenelle - 75015 Paris.
ISBN : 2 - 253 - 19309 - 7

31/9309/1